四部要籍選刊·集部
蔣鵬翔 主編

元文類

四

〔元〕蘇天爵 編

浙江大學出版社

本册目録

卷二十二

碑文

卷二十三

碑文

卷二十四

碑文

卷二十五

碑文

卷二十六

碑文

卷二十七

記

元文類卷之二十二

元

趙郡蘇天爵伯脩父編次

太原王守誠君實父挍訂

碑文

長春宮碑銘　　姚燧

元貞之始年秋九月七日皇帝御香殿守司徒臣阿剌渾撒里集賢大學士臣孛蘭兮奏輔元履道玄逸眞人臣張志僊言臣之曽師長春子丘處機爲金眞學於寧海之昆崙山太祖聖武皇帝剗金之十年方

事西域聞其有道自奈蠻俾近臣劉仲祿持詔求之又急其見而遲其來繼伻以迓之抽兵以衛之與語雪山之陽帝之所問師之所對如敬天愛民以治國慈儉清靜以脩身帝大然之曰天遺仙翁以寤朕命左史書其言又以訓諸皇子者世祖聖德神功文武皇帝巳敕臣徐世隆載諸靈應之碑惟是太祖格天之年丁亥夏五月詔因其號易所居太極爲大長春宮由未有碑至是六十九年人巳無知受名所自不及今焉陛下昭代曉之詞臣俾刻金石則益不白於

將來也敢昧死請制曰可十月十日事下翰林臣燧寔以其日直筆故得兢惕以奉明詔臣聞老子曰取天下者常以無事用是究觀歷古受命之君規規務取止乎禹迹之舊其所後服固非兵不能讋故萃衆智驅羣雄謀而鬬之櫛沐風雨露處暴衣審彼已以效成敗或累歲踰紀耘耡未平可謂紛紛事至殷也矧我太祖天戈所直無敢傃而視徹四海之土疆墟萬國之社祧與臣妾億兆蒼然以生之黔首不啻疾風之振枯槁非囿夫祝梟蒙氾燭龍不照而馬足所及

其勢猶不是止焉庸以較夫聲教不出禹迹者僅如
耳之在面有不能居其十一可曰自有生民以來所
無惟所有遠故后服益多惟爲猷大故从焉而成功
其事之殷有百十於古先者于是之時乃遑旁求方
外之士從容暇豫猶功成治定束干戈無所於試之
世不知爲垂統之艱苦不待長春之告顧於老子取
天下者嘗以無事之言巳陰契其說而冥會其機嗚
呼聖哉然考仲祿之行其年巳卯長春承命絕宋金
使幣從其徒十八人者以行明年馳表謝之猶宿留

山北辛巳會趣使再至始發軔撫州經數十國爲地
萬有餘里蹀血於戰場避寇乎叛城絕糧於莽闐之
沙漠自崑崙四年而至雪山馬上舉策試之未及積
雪之半觸寒溧畏皴瘃寧其身之不恤以憂軫斯世
計是勞勩有不在開國之勳之下故帝錫之虎符副
以璽書不斥其名惟曰神仙凡爲是學復其田租繇
其征商癸未至燕年七十六矣而河之北南已殘首
鼠未平而鬻魚方急乃大闢玄門遣人招求俘殺於
戰伐之際或一戴黃冠而持其署牒奴者必民死賴

以生者無慮二三鉅萬人其推厚德植深仁致吾君於義軒者歷古外臣當受命之初能爲是乎匹夫一言鄕人信之赴訟其門聽直其家爲有司者猶罪以豪傑以武自斷而渙其羣以二三鉅萬之人散去九州統馭其手帝不疑之斯必有以豈屈子所謂名不可以虛作者耶有遇其時未必見隆于后世祖嘗語其嗣道者曰乃丘祖仙翁朕及識之加贈長春演道主教眞人二祖之見而知者然巳陛下以聞而知類爲碑以表所由則長春之名籍三聖以久垂者毋惑

也臣又思之宫之與碑宜一其時太定憲三宗日不
暇給嗣教真人尹志平李志常不請則宜以世祖之
聖在位之久其培樹擁衛斯學之力而張志敬王志
坦祁志誠不一言焉及仙令請而輒報可豈天固存
列聖未究以待陛下爲終之耶矧即位踰月爲壇壽
寧宫凡日月列星風雨雷電百神之親上山川社稷
林藪走飛諸祇之親下莫不奏假赤章以禋致之十
一月與改元端月財九閱月實三爲壇其後壇之延
春閣天步一再親以戾止其爲國與民介祉導和受

釐請命者文亦極矣又虞自火經以還禁爲醮祠令
雖開之京師而外未白也乃下詔萬方其吉若曰先
皇帝嘗令江之北南道流儒宿衆擇之凡金籙科範
不涉釋言者在所聽爲若然先皇之開醮祠者有成
命也爲犯法臣所不愛竟梶而止自今其惟以先皇
成命從事是世祖獨未究者陛下又終之也嗚呼事
之開也有門而來也有途其就也有時而成也有俟
方是詔下四海之人感激奮言始吾以爲經厄之餘
丘氏之學熄矣陛下噓而然之俾屯者以亨塞者以

通使其道者除之取其業者還之叢是數美于僊之
身又冠之以寶冠薦之以玉珪被之以錦服皆前嗣
教者所亡嗚呼仙之求以報盛德圖以疇至恩其子
若孫與雲仍其來亡極者爲陛下祈永永萬年當何
如也臣燧敢拜手稽首而詩之曰
於赫我祖帝縱其武俾肅將之劓平下土旣奠南邦
西陲未疆迺鼓迺桴龍旗載揚何水不亂亡山不越
萬國弱草剛風斯拔踰十暑寒振凱未曰六飛之騁
确确其艱孰明帝心休其益閑繼夕以朝黄昊尚友

方詔外臣道德資取崑崙載牽于于其來及之雪山年已徂濯瀝厥胥賜爲告悃悃兵匪至言身國之本維帝孚之曰天覺予飭無怠忘予訓史書虎符寵綏璽書誕告凡爲爾學其復亡撓又曰長春而所宿號即名而宮歸主其教假以澤物宏帝之仁于死于俘必拯以全旋還其眞子孫衆有一絕一繼繼世其守有惑其道而否臧之人曰不然太祖皇之剏我世祖封植益力曰爾長春朕幼及識太祖皇之維朕將之增謚四言煥其唐之有嚴今皇乃聖乃哲身先孝治

祖塗孫轍爰詔下臣伐石劇穹臣拜稽首二祖之功
豈人不忘維帝欽崇驅馬飛廉屬車豊隆或從上帝
陟降斯宮靡祥不臻奚祉弗届於皇我元萬禩攸賴

延釐寺碑

姚燧

大德八年蒼龍甲辰之秋制移江東憲使臣燧于江之西參行省政十月而至裁再閱月嘉平癸弦王相帖赤自軍中啓遣開成路總管府判官常謙數千里驛致安西王教于燧曰吾繇不忘世祖聖德神功文武皇帝順聖皇后深恩大惠嘗請于帝求即六盤典

慶池園爲寺用貲兩聖冥福以永帝之億萬維年制
可加賜黄金兩計者二百五十楮幣貫計者五萬米
石計者千四百五十規制一以都城勑建諸寺爲師
而小之又虞衆役顓俾有司緩則後功急將罷力命
王相阿魯輝身綱維之而時其餋勞節其休作經始
于元貞丙申省成于大德癸卯非託金石將無以白
始此者吾之心成此者帝之力也汝製寺名而文之
俾其令集賢學士劉賡書徵士蕭㪺篆額燧敬受而
伏思之今焉詞垣之臣雲烝林立教不是徵而燧之

命寔繇燧者嘗以文學及侍先王烏乎可辭敢上本
所自而言曰在昔憲廟大封宗室以世祖母弟國之
關中于後立極之十三年當至元九年詔立皇子爲
安西王以淵龍所國國之明年至長安營于素滻之
西毳殿中峙衛士環列車間容車帳間容帳包原絡
野周四十里中爲牙門譏其出入故老望之怡目怵
心齋咨嘖嘖以爲有國而來名王雄藩無有若是吾
君之子威儀盛者其時捷河之外秦固內地教令之
加于隴于涼于蜀于羌諸侯王郡牧蕃酋星羅棊錯

於是閒者靡不輿金篚帛效馬獻琛輻輳庭下勃磎
竭蹷如恐于後其大如軍旅之振治爵賞之予奪威
刑之寬猛承制行之自餘商賈之征農畝之賦山澤
之産鹽鐵之利不入王府悉邸自有又明年詔益封
秦王綰二金印易府在長安者爲安西六盤者爲開
成皆聽爲宮邸用不足取之朝廷歲或多至楮幣貫
計者百三十萬裁七年而棄其國明年詔遣今王嗣
國之四年當十九年益封江西吉州實食之戶六萬
五千歲入楮幣貫計者十萬二千春秋之服紵縑爲

定名于嗚呼斯又歷古展親之未聞者於吉王本始至歲維關中夏則樂其高寒即六盤居稽諸地志寔漢北地郡之畧畔道道下於縣其吏長而不令後廢隋義寧中置樂蟠縣既譌畧畔矣六盤又樂蟠之譌然以其地介乎涼隴鞏渾之交時平則列置監牧攻駒而蕃息之有警則命將出禦無有常制四海無所爲而至者惟世祖潛龍之加兵大理也既嘗禡牙於兹及平而歸又飲至焉 其駐驆三易寒暑夫既久此必遺澤餘波深浹他邦而王父子再世受之古稱

河潤九里海潤百里信如斯斯言則發源天潢衍溢涵濡將不千里其藩輔天子寬西顧憂者又不百世而止也亦竊思之王之有國二十有六年克自卑抑恒遠之宮而弗遑處爲天子援枹鼓進退諸軍于外以捍侮西北其忠勤如何于此之地心焉慺慺求祈年令聖於昭昭追福往聖於冥冥王考妣亦與薦焉爲宇事佛猶不率作得可而行其孝恭如何枚是數媺善孰與大書之言曰天道福善又曰作善降之百祥易又曰積善之家必有餘慶燧學儒者未嘗知爲佛

氏之言如佛亦旡是忠勤而孝恭者爲善而福之則其教與儒可殊塗而同歸也禮諸侯祭其封内山川華之爲嶽寔王封内嶽祠之門揭爲宣釐則表寺之名莫延釐爲宜也銘曰　於招列聖事佛盡敬爰質之書古無有並土木之工雕楹繪牖朱塵綺疏匹帝之宮金莖一氣顥顥上下静供之脩乘輿必駕佛逝悠久其言斯存孰爲其言百世梵孫帝度其孫而教善治無間邇遠京師必致匪徒致之曰時予師坐而袛蓮出蹕並馳有如今王於親則懿制地千里規爲

時寺顧指其相展若易然矧錫金粟帝開其先面勢
畧畔八稔成績巋然都城勅建遺則帝師京師時寺
門楣以長以雄匪弟子誰鼓鍾之音梵唄之力釐帝
之餘必王之及帝億萬年王年斯千爲磐石宗以固
以綿燧作是詩刻時樂石尚憑佛乘垂示無極

崇恩福元寺碑　　姚燧

大德十有一年先帝立極親祼太室乃慨然曰予曾
予祖世祖聖德神功文武皇帝裕宗文惠明孝皇帝
至元三十有一年成宗旣祔廟矣而惟皇考實誕眇

躬未大尊顯肆類上帝誄行定謚曰順宗昭聖衍孝
皇帝琢玉寶冊納諸廟中尊皇太后以儀天興聖慈
仁昭懿壽元之號邇之爲子遠之爲孫其孝以慈可
謂致極而於宸心猶若未然明年至大之元詔羣臣
曰昔朕萬里撫軍北荒險阻踐踰躬擐甲胄北寇底
平實艱實棘時有願言皇曾考妣皇祖考妣之豐功
茂德皇考太后之厚澤深仁圖以報塞必俟他日振
旅而南大建寶剎憑依佛乘上爲徃聖薦福冥冥慈
闈祝釐昭昭下而億兆臣民休祥蒙賴初匪有求年

千世百專利一巳卿曹其灼是懷惟以其日鑾輅親巡胥地所宜于都城南不雜闤闠得是吉卜勑行工曹覽其外垣爲屋再重踰五百礎門其前而殿于後左右爲閣樓其四隅大殿孤峙爲制正方四出翼室文石席之玉石爲臺黄金爲趺塑三世佛後殿五佛皆範金爲席臺及趺與前殿一諸天之神列塑諸廡皆作梵像變相詭形怵心駭目使人勸以趨善懲其爲惡有不待繙誦其書巳悠然而生者矣至其榱題棁桷藻繪丹碧緣飾皆金不可貲筭楯檻衡縱捍陛

承宇一惟玉石皆前名刹所未曾有榜其名曰大崇
恩福元寺用實願言外爲僧居方丈之南延爲行宇
屬之後殿庫廄庖湢井井有條所置隆禧院比秩二
品守以相臣割田外郡收其租入以給祝髮日廩月
餼坤維爲殿乘輿時臨留必信宿久或旬浹其急其
成爲何如哉功垂什八期以四年正月八日大慶賛
將徧賚工官下及役夫何意其日奄以奉諱羣臣進
勸宜如故事卽踐天位皇帝未忍宅恤經時而始受
朝稱天詘日武宗仁惠宣孝皇帝恭抑之道亦云至

矣又哀先志之弗竟懼成功之將墜飭敦匠臣益虔
乃職罷行工曹入于留鑰曰凡脩營石木陶繪百工
衆技汝實司之與煩文移人取汝所何若從汝自爲
則易爲力而程蚤集矣且臣燧汝文之碑臣勑管以
闚天子以四海爲家何適非鄉而獨不忘其生所者
人情之同漢祖西都關中若忘沛矣及乎英布歸過
其鄉賦大風使子弟歌之曰朕千秋萬歲後寬䰟猶
思沛太祖舊跡龍庭斯固其鄉由世祖都燕宫室池
籞百官府庫根柢乎此一歲乘輿留居者半以故武

皇巡幸之還蒐田而歸必於是焉大饗飲至若鄉然
剏建大剎位置行列棊錯星羅出其睿畫爲徃聖今
聖薦福祝釐者光所惓惓陟遐之日有未訖工在天
之靈懐乎故都他日過之睹是翦然而完粲然而新
必甚懌曰畢吾願者真嗣皇爲賴哉臣燧載拜稽首
爲頌曰　鈞之爲地匪福不異其異維何由建而寺
且地之有於開闢初何千萬年混爲民廬何於其時
曾不蒙福而至今也梵宮大築曰不難知譬人之身
正氣周流隨日而新嗟若梵宮相方視址授其成規

維昔天子寫材於江伐石於山言出風行草靡庶順
又假相臣汝往敦匠易衣寒暑饑俟汝餉于茲三年
大立細捎垂欲落之而陟配天皇帝曰噫朕兄所志
有衙未究其在傳次乃勑攸司無替爾程其用則取
邦賦之經佛宇勑爲前古有是而其所無兩聖之治
前聖徃矣于佛焉依今聖萬年與日齊輝濡軌長江
拳石喬嶽善頌之存梵唄攸託

普慶寺碑　　姚燧

大承華普慶寺者皇帝爲皇祖妣徽仁裕聖太后報

德作也裕聖以歲戊年來嬪越三年大帝建極當至
元乙酉方廿有八年裕祖陟天在疚煢煢茹荼與蓼
上以慰安大帝於倦勤中以惠勤晉邸順考成廟之
不夭皆俾不大盡傷乃心下爲皇孫武宗聖上擇師
取友督勸於學俾知先王禮樂刑政以爲治國平天
下之具若曰乃裕祖獲心九有者正由乎斯外接宗
親之會見內飭宮臣之率職致孝極慈敦睦示嚴如
是而善韜智聰明以藏其用大帝才之闢政于家則
曰于婦是謀投大遺艱不言意喻廿九年順考陟方

又二年大帝登遐柱傾于天維絕于地急變秋也徐爲圖回未嘗大聲以色益示暇豫經時無君四表不聞枹鼓一鳴召至成廟於撫軍萬里之外授是神畀易天下岌岌者爲泰山之安俾聖子神孫得以乘承今億萬年大德二年詔武宗復撫軍于北日侍慈闈者惟今皇上一人耳故情不分而愛彌篤怡言煦之摩手撫之食焉而羡息焉而膺又何有無而增益之會太官答難監龍興還由老無子自簿臧獲數千指牛羊馬駝蹄角亦數千田屋貲貨猶不與存盡獻之

隆福宮裕聖則曰吾何庸斯其賜今皇上四年裕聖
上僊撤是獻屋爲殿三楹事佛妥靈以盡孝思由前
順考之國河内未至而還乃與今皇太后克成先志
出居二年成廟登遐馳歸京師内難謀作兆緒滋章
先事奪之殄殲大慝清宫以待武宗之至既踐天位
惟以其月授皇太子寶中書令樞密使誕告萬方明
年至大之元視昔所作圖報弗稱乃慨歎曰德一也
時則二焉始之報也吾未出閤惟其身今也登茲元
良可不爲天下報乃市民居倍售之估跨有數坊直

其門爲殿七楹後爲二堂行宇屬之中是殿堂東偏仍故殿少西疊甓爲塔又西再爲塔殿與之角用峙自門徂堂廡以周之爲僧徒居中建二樓東廡通庖井西廡通海會市爲列肆月收僦贏寺須是資大抵撫擬大帝所爲聖壽萬安寺而加小其磐礎之安陛戺之崇題棨之騫藻繪之輝巧不劣焉亦大役也未嘗發民一夫皆傭工爲之其費一出宮帑既其落止淨供之脩薦福冥冥或者禰聖乘雲御風陟降自天歆玆崇報必反而酬陰騭於下降福穰穰者理則有之何

難灼見焉惟今皇握黄圖以負丹扆其大則天其威則雷霆其不測則神明推是報德而上之將不裕聖一世而止其孝思逺及烈祖者何窮已哉崇祥院臣請礱石以頌功德勑命臣燧臣伏思之佛氏之言爲書數千卷傅大閎肆學佛之徒猶有白首不能遍觀儒生未嘗夙一經目雖勦爲說終爾膚近不能深造其微故惟如勑所教惟詩報德其辭曰

有岑其宇有践其廡有楹惟旅金鋪雕礎瞿瞿其瞻劂劂其廉秩秩其正於粲其嚴伊誰考斯帝宮亞匹

則今皇帝覺皇氏卽其卽圖以薦福于幽於我裕聖報德是求惟我裕聖爲烈無競大帝遐征儲席虛正時我成廟撫軍龍荒惟朔委裘三月皇皇萬里召赴天位畀據其神而明孰測爲度如是拱默宮居深安陋昔后母簾政僭干惟撫慈孫於學知勵又開太平大業今繼始爲之小其報猶私今焉一人以天下爲以天下爲誰專裕聖嘉與慈闈實普其慶往聖巳矣慈闈萬年翼翼綿綿悠久如天皇上之心初豈以巳覺皇貞之其錫繁祉

應昌府報恩寺碑

程鉅夫

城應昌之四十有一年上即皇帝位制公主相哥剌吉封皇姊大長公主子阿禮嘉世立嗣封魯王命下之日王謂王曰應昌有上肇自太祖皇帝成於世祖裕皇而順宗皇帝今儀天興聖慈仁昭懿壽元皇太后實巳所自出上篤親睦之誼承成宗武宗惇叙之志以有今日欲報之德惟佛焉依至大二年嘗規建佛寺于宮之東曰報恩盍竭力成之既成請文勒碑昭示無極上以命詞臣程鉅夫謹按太祖初興魯國

忠武王按赤那演以佐命元勳有分地約世婚而昭睿順聖皇后歸于我世祖太祖之孫薛赤干公主下嫁王子納陳至元八年始置應昌府以封其子帖木兒尚帝季女囊加眞公主未幾陞府爲路十四年帖木兒北征有大勳賜號按答兒圖那演元貞元年封濟寧王主爲皇姑魯國大長公主子弴不剌尚相哥剌吉公主乃今皇太后之中子也大德十一年武宗卽位封皇妹大長公主弴不剌魯王逮今嗣王祖孫凡五世國益大爵益貴恩數益異爲之傳以輔之爲

之羣有司以治之於是弘吉剌氏維古塗山有娀不
足擬隆寺之建所以歸美報上昭忠孝也殿堂廡門
庖寮庫庾庋經之室樓碑之亭金碧焜華棼橑宏密
繚以周垣亘以脩塗一木一石必出乎已一夫一役
不煩乎民簡僧之有行業者曰智心主之日帥其徒
請演祝讚梵唄洋溢諸佛降監祖考來格帝室王家
福祿攸同謂之報恩不亦宜乎洪惟聖祖神孫覆斯
天載斯地廣大慈仁與佛一德皇姊嗣王克永孝思
克廣德心以崇佛乘宜聖上親親之道彌至而臣子

報稱之誠無斁賛皇圖於億載保王國以匹休猗歟
盛哉臣鉅夫謹拜手稽首而獻頌曰
在昔太祖龍興朔方惟弘吉剌忠武洸洸佐定中原
遂開大荒約締世婚申錫土疆寔生昭睿相我世皇
光天之下德盛仁疆應昌旣邦魯國是王貳館繼承
奕葉重芳連城列邑沃野相望設官分職乃紀乃綱
婉婉皇姊愛積厥躬帝弟帝兄承于祖宗洎我聖母
澤濬恩隆何以報之佛法是崇迺集羣材迺徵六工
于城之中于宮之東爰作爰謀爰蔽我衷以奠覺皇

以展孝恭飛殿峨峨列屋周阿丹題藻棁雷轉星羅彤雲承霤翠霧凝柯天花夕雨貝葉晨哦慧日曬光祥風扇和寒松沃色碧海澄波永底佛慈百祿是荷磐石其宗礪山帶河聖母萬年帝壽且多佛法廣運

皇道無頗

上都華嚴寺碑　袁桷

太祖皇帝肇定區夏視居庸以北爲內地戶族散處皆安其簡易在憲宗皇帝時將有事西南底慎舊章建置靡遑時則世祖皇帝治軍和林相厥地利曰維

灤陽展親會朝茲爲道里得中稽衆契龜僉告允吉
因地而名之曰開平焉歲在庚申世祖承大歷服建
國改元削僭靖亂宗王殊邦奉貢效牽咸會同於開
平繇是定爲上都大興爲大都兩京之制協於古昔
矣省方有常庶職攸叙商旅子來置而勿征首建學
廟乾艮二隅立二佛寺曰乾元曰龍光華嚴復立老
子宮于東西相須以成化俗儆蒙緊二教是先具訓
淵遠將垂憲永以爲民則仁宗皇帝在東宮如華嚴
惕然永思粤惟皇祖置慮弘廓建都功業弗克崇闡

紹開是我子孫不大彰顯爰命守臣相晝撤而廣之
踰十年將成仁宗陟方今上皇帝北巡狩回上都首
幸華嚴若曰列聖在天神化合一朕罔敢有替遹修
聖明將於是有在廣植冥福神御周流宜得以届止
其以先帝所構殿鎮于後維五方佛像在世祖時素
有感異復廣大殿以居之梵相東西挾翼以從凡尊
事棲息悉如其教以備又別賜吳田百頃安食其衆
至治二年夏六月丁卯丞相入宿衛上都留守司臣
其傳旨命翰林宜爲碑紀其成績俾萬姓蒙祉庶得

以昭朕奉思臣桷竊以爲天地生物無心以成維聖人有憂則曰物有不齊皇極是訓西方聖人則曰性本至善遷以隨欲慾由妄生性日益昏故爲物爲變至於摩盪轇轕生死靡分於是有懺解之說焉有追崇之說焉彼生得以斷死得以離則本性湛空無有垢累道奚病矣華嚴設辭以富貴爲喻終之以返眞復初俾世之所景慕由境以入因境而悟入於無相其於喻也深有旨矣世祖命名亦將以警夫迷俗愍濟羣動與前聖相合者實在是聖聖繼承靡有殊異

臣桷屢從屬車聞首主是山者曰至温師以妙密縝緻爲本行傳宗洞山與太保劉文貞公秉忠爲方外友磊落有大計因得見世祖於潛邸陳對明朗遂大器之六傳曰惟壽今授司徒際遇隆赫於法祖有光壽能文辭守其道專固則永以傳謹再拜稽首爲之銘曰

於赫世祖武緯文經廣莫相攸堅墉斯城塈觀羣生厥性有恒驕鷙忿鬭失常是行沉昵昏惑執妄是成維政與德具訓以儆善本性初爲明爲靜猗與覺皇

功始戒定或喻以空或設以境空解境悟真慧永證
巍煌華嚴窮珎極瑰龍伏藻井雲凝瑶臺積香浮浮
側瓶枚枚耄穉畢觀心掉膽濯相既永離虛空如埃
世祖稽古是則是效暨于仁皇益闡秉敎維皇御極
承志廣孝　列聖在天鴻績靡報顧瞻咨嗟展飾殊
妙錫福兆民列聖之心拯彼大迷覺皇具陳謨烈顯
承如歲之春物無癘疵膏煕沐淳億萬卜年刻銘堅
珉

龍翔集慶寺碑　　虞集

欽天統聖至德誠功大文孝皇帝自金陵入正大統
建元天曆以金陵爲集慶路遣使傳旨御史大夫阿
思蘭海牙命以潛宮之舊作大龍翔集慶寺云明年
召中天竺住持禪師大訢於杭州授太中大夫主寺
事設官隷之畫宮爲圖授工部尚書王士弘往董其
役斥廣其地爲民居者悉出金購之土木瓦石丹堊
金碧之需財自內出不涉經費工以傭給役弗違農
有司率職庀功景從響應御史中丞趙世安承稟於
內行御史中丞易釋董阿忽都海牙相繼率其屬以

莅之是以吏敏於事而民若不知材既具期以又明年正月某甲子之吉廼建立焉其大殿曰大覺之殿後曰無量壽佛之殿居僧以致其道者曰禪宗海會居其師以尊其道者曰傳法正宗之堂師弟子之所警發辯證者曰雷音之堂法寶之儲曰龍藏治食之處曰香積鼓鐘之宣金穀之委各有其所繚以垣廡闢之三門而佛菩薩天人之象設纓蓋床座嚴飾之具華燈音樂之奉與凡所宜有者皆致精備以稱上意焉爲賜姑蘇腴田以飯其衆上在奎章閣親詔臣集

製文刻石以誌之臣聞金陵之虚自秦時望氣者嘗言有天子氣至藏金土中以鎮之其後若吳晉宋齊梁陳南唐之君長據以爲都會然皆瓜裂之餘僅克自保要不足以當王氣之盛夫孰知江山盤踞之固天地藏閟之久積千餘年而有待於我聖天子之興也不然何淵潛之來處遂飛躍之自兹見諸禎祥行事昭著之若此者乎夫太陽之升麗於天光燿熙赫高深廣袤之區生成動植之類孰不受其煦燠而其次舍之所經知天者必仰推而志之天子以四海爲

家莫非聖明之所臨鑒惟帝運之所由起天人應合之機實在於此其可忽諸今天子建極于中撫制萬國顧懷昔居勢隆望重非我佛世尊無量之福孰足以處乎此也茲寺之成上以承祖宗之鴻庥下以廣民庶之嘉惠聖天子之至仁大慈垂示乎億萬斯年者於此可見矣於戲盛哉敢拜手稽首而述讚曰

明明上天祚我皇國聖祖神宗立我民極於昭武皇懋建丕績憲章脩明民用齊飭天下爲公仁廟受策治極而圮或斁彝則廼聰明哲是保是翼俾乆而安

弗邇以遯祝融效靈海若卒職更相吉土此惟與宅
吉土惟何建業舊邑龍依崇丘虎有盤石昔有居者
不稱厥德惟我聖皇天命攸廸川寧於波田宜於穡
民用孝敬神介景福帝命不遲師武臣力遂開明堂
受天之曆廟而禋饗郊而帝格治功告成庶物蕃息
江流湯湯經我南服中城有宮皇所肇迹惟時父老
載慕疇昔雲來日臨庶我心懌皇帝曰嘻予豈汝釋
維大覺尊寶相金色常以慧慈拯汝迷溺我卽我宮
作祠奕奕照汝淨月沐汝甘澤汝見大雄如我來卽

馬寶象寶珠貝金璧凡爲汝故我施無惜無蓄無害
居佛之域民庶稽首我不知識我願天子聖壽萬億
與佛同體任世有赫一誠報恩有永無斁

元文類卷之二十三

元　趙郡蘇天爵伯修父編次
太原王守誠君實父較訂

碑文

平雲南碑

程鉅夫

國家繼天立極日月所照罔有內外雲南秦漢郡縣也負險弗庭憲廟踐阼之二年歲在壬子我世祖聖德神功文武皇帝以介弟親王之重授鉞專征秋九月出師冬十二月濟河明年春歷鹽夏夏四月出蕭

關駐六盤八月絶洮踰吐蕃分軍爲三道禁殺掠焚
廬舍先遣使大理招之道阻而還十月過大渡河上
率勁騎繇中道先進十一月渡瀘所過望風欵附再
使招之至其國遇害十二月傳其都城城倚點蒼山
西洱河爲固國主叚興智及其柄臣高泰祥背城出
戰大敗又使招之三返弗聽下令攻之東西道兵亦
至乃登點蒼臨視城中城中宵潰興智奔善闡追及
泰祥於姚州俘斬以徇分兵略地所向皆下惟善闡
未附明年春留大將兀良合䚟經略之上振旅而還

未幾拔善闡得輿智以獻釋不殺進軍平烏蠻部落三十七攻交趾破其都收特磨谿洞三十六金齒白衣羅鬼緬中諸蠻相繼納款雲南平列爲郡縣凡總府三十七散府八州六十縣五十甸部寨六十一見戶百二十八萬七千七百五十三分隸諸道立行中書省於中慶以統之大德八年平章政事也速荅兒建言所領雲南地居徼外歷世所不能臣先皇帝天戈一麾無思不服今其民衣被皇明同於方夏幼長少老怡怡熙熙皆自忘其徃陋非神武不殺之恩不

及此惟黠蒼之山嘗駐蹕焉若紀聖功刻石其上使臣民永永瞻仰於事爲宜中書以聞制曰可以命詞臣臣文海再拜稽首而言曰世祖皇帝之德大矣辟如天地之無不持載無不覆燾而生生之意恒寓於雪霜風雨寒暑變化之中物之蒙之者薰然而溫灑然而濯翕然而同靡然而順有不自知其然而然者故其功烈之崇基業之廣貫三靈而軼千古夫以大理之昏迷旅拒虐我使人若奮其武怒俾無遺育可也而招徠綏緝終釋其主弗誅烏虖微天地之德孰

能與於此乎今陛下建中和之政凡以繩祖武厚民
生無所不用其極中外欽承無遠弗屆是以藩方大
臣於錢穀甲兵之外惓惓以光昭令德爲請其知爲
政之本也巳漢世宗從事西南夷天下爲之騷動蜀
民咨怨喻之諄諄鑿池莅習再駕而後取之其視今
也孰愈穆王周行寓縣必皆有車轍馬跡焉初非疆
理天下也而世猶誦之至今其視跋履山川洒濯其
民而納於禮義之域孰愈彼碧鷄金馬與夫黠蒼皆
其山之望者也漢使祭之唐季盟之夫各有所畏焉

耳今也鐫未始磨之崖紀無能名之績桓桓煒煒與
世無極豈惟足以震百蠻榮千古其餘光所被山川
鬼神與嘉賴之嗚呼盛矣哉臣事先皇帝蚤受眷知
今復待罪禁林發揚蹈厲職也不敢以荒落辭謹再
拜稽首而系之詩曰

於皇維元載地統天大噫小嘘日寒以暄粤西南陬
水駛山嵒風霆流形氣交神州跂息蠕蠕勾萌鮮鮮
谷飲巢居燕及跕鳶緊誰之恩聖祖神孫武烈文謨
湔祓生存既有典常被之服章我吏我民我工我商

萬國一家孰爲要荒點蒼蒼蒼禹迹堯牆井鉞參旗
終夜有光威不違顏作善降祥嗟爾耄倪視此勿忘

太師廣平貞憲王碑　閻復

三台平乾象以清五嶽奠坤載以寧三公得人鼎祚
以隆蓋力莫競於柱天勲莫高於靖亂忠莫大於扶
日惟我太師廣平貞憲王月呂魯公自乃祖乃父光
輔聖元豐功盛業在天壤間猶星之有台山之有嶽
歟公阿爾剌人小字玉昔追至貴顯寵以不名賜號
月呂魯那演譯云能官也始祖孛端察兒以才武雄

朔方曾祖納忽阿兒闌所居與烈祖神元皇帝接境
素敦仁禮之好祖博爾术贈推忠協謀佐運功臣太
師開府儀同三司謚武忠父孛欒䚟贈推誠宣力保
順功臣太師開府儀同三司謚忠定並追封廣平王
廣平王家分地故以封之武忠志意沉雄善戰知兵
太祖聖武皇帝在潛共履艱危義均同氣征伐四出
無往弗從時諸部未寧每遇武忠警夜寢必安枕寓
直於內與語或至達旦魚水之契殆若天授初要兒
斤部卒盜吾牧馬武忠共往追之時年十三知其衆

寡不敵乃爲出奇從旁夾擊之寇捨所掠而去及戰太赤兀里鋒鏑旣交約畢命勝敵無或退步武忠繫馬於腰踸而引滿方寸不離故處太祖推其膽勇嘗潰圍於怯列太祖失馬武忠擁輿累騎而馳頓止中野會天雨雪張毳裘以翳及旦雪深數尺龍顏弗霑武忠植立通夕足跡宛然不移顛沛造次脫主於難雖古烈士無以加蔑里期之戰風雪迷陣再入敵中求太祖不見急趨輜重則御勒已還卧䡖車中聞武忠至曰此天賛我也及傳天下君臣之分益密視夫

人蔑里乞真不廢兵嫂禮皇子察哈解出鎮西域有
旨從武忠受教武忠教以人生經涉險阻必獲善地
所過無輕舍止謹白龍魚服之戒玉音謂皇子曰朕
之教汝亦不喻是武忠旣老以病薨太祖悼痛如喪
所親初忠定之生方還自蔑里期戰所中塗護視不
啻如巳子長率父兵襲爵萬夫長國初官制簡古置
左右萬夫長位諸將之上首以武忠居右東平忠武
王居左翊衛辰極猶車之有輪身之有臂電掃荒屯
鰲奠九土柱天之力競矣貞憲王月呂魯公器量宏

達禯度淵深莫測其際弱歲襲爵統按台部衆世祖
皇帝聞其賢驛召赴闕見其風骨龐厚解御服銀貂
以貺國朝重天官内膳之選特命領其事侍宴内殿
公起行酒詔諸王妃皆執婦道未幾拜御史大夫江
南既下裂土益封功臣後即以泉州路爲分邑公長
臺憲務振宏綱弗親細故興利之臣欲援亡宋舊制
併憲司入漕府他日當政者又請以郡府之吏互照
憲司撿底公言風憲所以戢姦若是有傷監臨之體
其議乃格公事上遇下一本於誠事有廷辯當雷霆

之下辭益鞭直天顔爲之霽威至元二十四年宗王
乃顔叛東鄙世祖躬行天討命公總戎以先之大駕
至半道則公已退敵僵尸覆野數旬之間三戰三捷
獲乃顔以獻詔選乘輿馳畜百蹄勞公公謝曰天威
所臨猶風偃草臣何力之有駕還留公勦絶餘黨執
其酋金家奴獻俘於朝同惡數人戮之軍前明年乃
顔餘燼哈丹禿魯干復叛再命公出師兩與敵遇皆
敗之追及兩河威乘破竹敵衆大衂酋長遁去時已
盛冬聲言駐兵敗俟春方進忽倍道兼行過黑龍江

徑擣巢穴殺戮殆盡其酋莫知所終夷其城郭鎮撫
遺黎而還國家承平日久而變生肘腋貽九重宵旰
之憂公英猷載奮不期月而三叛悉平靖亂之勳偉
矣詔憫其勞賜内府七寶冠帶以旌之加太傅開府
儀同三司申命禦邊杭海二十九年加錄軍國重事
知樞密院事宗藩帥鉞一切禀命於公特賜步輦入
内位望之崇廷臣無出其右三十年今上皇帝以皇
孫撫軍北邊公爲輔行請授裕考所佩儲闈舊璽詔
從之鼎湖上仙公奉鑾馭而南宗室諸王畢會上都

定策之際公起謂皇兄晉王曰宮車遠駕已踰三月
神器不可久虛宗祧不可乏主疇昔儲闈符璽既有
所歸王爲宗盟之長傒俟而弗言王遽曰皇帝踐阼
願北面事之於是宗親大臣合辭勸進公復坐曰大
事已定吾死且無憾惟公一言合臣民共戴之誠成
先皇付託之意扶日之忠至矣上即位之始進秩太
師佩以尚方玉帶寶服還鎮北邊元貞元年冬議邊
事入朝兩宮賜宴酬酢盡歡如家人父子然先是夫
人秃忽魯蒙賜侍宴之服曰只孫昭異數也命婦獲

受此服由公家始自餘奇珍祕寶賞賚弗可殫紀還
鎭有期不幸遘疾以十一月十八日薨於賜第之正
寢爾木氷者連日春秋五十有四上聞之震悼不已
敕有司給喪賻賵有加剡香木爲棺錮以金銀北葬
於怯土山之原大德五年春詔贈宣忠同德弼亮功
臣依前太師開府儀同三司録軍國重事御史大夫
追封廣平王謚曰貞憲祖妣蔑里乞眞妣完顏氏及
夫人抄眞夫人秃忽魯皆封廣平王夫人抄眞先卒
秃忽魯令主家事訓迪諸子克成奉先述繼之美子

男三人曰木剌忽曰脫憐曰禿土哈女三人曰失鄰
適太師興元忠憲王完澤之子中書右丞長壽曰不
蘭兮適宣政使荅失蠻之子泉府少卿不列禿曰班
眞在室木剌忽年未及冠詔選皇彌孫女八都馬妻
之仍襲爵萬夫長復命公之介弟禿赤爲御史大夫
九年春有詔爲公植碑通達載揚丕績事下翰林爲
文臣復竊惟伊尹相湯伊陟復稱名臣呂望興周呂
伋嗣封大國載在方册以爲美談公家歷事累朝奕
世載德師垣萃於一門王爵加於異姓其視商周賢

佐宣無少讓以之勤景鍾光信史其誰曰不然小臣
作銘不獨表異渥於宗臣尚篤子孫忠孝之勸銘曰
皇元肇基天挺神武祝栗驤龍崆峒嘯虎猛將如雲
謀臣如雨矯矯武忠攀鱗附羽草昧經綸疏附禦侮
力竭肱股誠殫心膂忠定桓桓勲伐繼樹命佐商周
德符伊呂鰲斷立極鷹揚啓土元祚如天忠力可柱
顯允貞憲事予世祖綱振烏臺望崇紫府冠起東藩
天戈奮舉公任前鋒氣盈一鼓敢以虜憂遺之君父
駕至中途公已退虜一戰而勝還師帝所孽燼復然

餘勇再賈威乘破竹敗之水滸三叛悉平遺黎按堵
天語勞公賞錫繁舞公曰天威如拉朽腐還鎮朔方
殫壓虎旅日賛重明龍飛九五乃冠台躔乃執圭珇
公之庇民如室斯宇公之衛社如掾斯礎方倚長城
遽停相杵當宁蠧傷行路悽楚褒德賞功恩洽施普
績紀金石家聯簪組洛爾後人無替成矩泰山如礪
黄河如縷爵以永傳焜燿千古

太師淇陽忠武王碑　　元明善

粤若稽太祖法天啓運聖武皇帝誕膺景運龍奮朔

方滅克烈主王可汗迺蠻王太陽可汗以至西夏西
域金源次第平時則有佐命元勳曰博兒渾曰博兒
朱曰木華里及卽寶位錫之劵誓慶賞延于世世故
朝廷議功選德必首三家焉臣謹按忠武王諱月赤
察兒姓許愼氏曾大父卽博兒渾也自太祖早年已
見神聖委心臣事大業肇基身餘百戰竟薨于敵是
時官制簡古止爲第一千戶後封於淇州又食沅州
六千戶贈推忠佐命著節功臣開府儀同三司太師
上柱國追封淇陽王夫人鐵愳追封淇陽王夫人子

脫歡王之大父也嗣父官佐憲宗皇帝四征不庭
日闢土疆厥功爲懋薨贈推誠翊運佐理功臣開府
儀同三司太師上柱國追封淇陽王夫人禿滅追封
淇陽王夫人子失烈門王之父也恒鎮徼外後征六
詔懷服諸蠻遘疾薨于軍贈崇仁宣理保德功臣開
府儀同三司太師上柱國追封淇陽王夫人石氏金
宰相女也追封淇陽王夫人夫人生王六年王之父
薨誓不他適王性仁厚儉勤事毋備諸孝敬資貌英
偉望之如神世祖皇帝雅聞其賢後閔其父之死事

也年十六召見容止端重奏對詳明上驚喜曰失烈門有子矣卽命領四怯薛太官怯薛者國制分宿衛供奉之士爲四番番三晝夜凡上之起居飲食諸服御之政令怯薛之長皆總焉至元十七年長一怯薛明年詔曰月赤察兒秉心忠實執事敬愼知無不言言無不盡曉暢朝章用輒稱旨不可以其年小而遲其官可代線眞爲宣徽使制下階正議大夫兼領尚膳院光祿寺二十年加階中奉二十六年上討反者于杭海皆陳王奏曰丞相安童伯顔御史大夫月兒

魯皆嘗受命征戰三人者臣不可以後之今勍賊逆
命敢禦天戈陛下憐臣賜臣一戰上曰乃祖博兒渾
佐我太祖無征不在無戰不克其勲大矣卿以爲安
童輩與爾家同功一體各立戰多自耻不逮然親屬
櫜鞬恭衛朝夕俾予一人不逢不若爾功非小何必
身編行伍手事斬馘乃始快心邪二十七年桑葛旣
立尚書省簧鼓上聽殺異巳者箝天下口以刑爵爲
貨而販之咸走其門入貴價以買所欲貴價入則當
刑者脫求爵者得不四年綱紀大紊人心駭愕尚書

平章政事也速答兒王之太官屬也潛以其事告王王奮然奏劾桑葛伏誅上曰月赤察兒口伐大姦發其蒙蔽乃以没入桑葛黄金四百兩白金三千五百兩及水田水磑别墅賞其清彊桑葛既敗上以湖廣行省西連番洞諸蠻南接交趾島夷延袤數千里其間土沃而人驁畲丁溪子善驚好鬬非賢方伯不能撫安王舉合剌合孫答剌罕以爲其省平章政事凡八年威德交孚飛聲海外入爲丞相天下稱賢二十八年都水使者請鑿渠西導白浮諸水經都城中東

入潞河則江淮之舟既達廣濟渠直泊於都城之匯上亟欲其成又不欲役及細民敕四怯薛人及諸府人與鑿所司高深之分賦之刻日使畢王率其屬著役者服操畚鍤即所賦以倡趨者如雲依刻而渠成賜渠名通惠河而河爲公私大利上語近臣曰是渠非月赤察兒身率衆手成不亟也賞以黃金五十兩白金五千兩寶鈔五千貫三十年上以王佐命元勳之後廉白而能加以摧姦薦賢遷金紫光祿大夫知樞密院事仍宣徽使明年成宗皇帝登極制曰月赤

察兒盡其誠力深其謨謀抒忠於國流惠於人可加
開府儀同三司太保録軍國重事樞密宣徽兩使如
故大德四年拜太師初金山南北叛王海都篤娃據
之不奉正朔垂五十年時入爲寇恒命親王統左右
部宗王諸帥屯列大軍備其衝突五年朝議北師少
怠紀律或失命王亞晉王甘麻剌以督之是年海都
篤娃入寇我爲五軍王將其一鋒交軍頗不利王視
之怒被甲持矛身先陷陣一軍隨之出敵之背五軍
合擊敵大崩潰海都篤娃遁去王亦罷兵歸鎮賞功

諜皐恩威服於敵人厥後篤娃來請臣附時武宗皇
帝亦在軍王遣使與武宗及諸王將帥議曰篤娃請
降為我大利固當待命於上然往反再閱月必失事
機事機一失為國大患人民困於轉輸將士罷於討
伐無有巳時矣篤娃之妻我弟馬兀合剌之妹也宜
遣報使許其臣附衆議為允既遣始以事聞上曰公
深識機宜既而馬兀合剌復命由是叛人稍稍來歸
十年冬叛王滅里鐵木兒等屯于金山武宗帥師出
其不意先踰金山王以諸軍繼往壓之以威啖之以

利滅里鐵木兒乃降其部人驚潰王遣禿滿鐵木兒察忽將萬衆深入其部人亦降察八兒者海都長子也海都死嗣領其衆至是我軍掩取妻子及其部人兩部凡十餘萬口十一年武宗入踐天位詔曰公弼亮三朝荐立武功朕嘉賴焉察八兒女燕鐵木兒帝室之胤令以妻公賜公以世祖宴幪成宗御輦及幪人樂工海東白鶻文豹至大元年王遣使奏曰諸王禿苦滅本懷携貳而察八兒遊兵近境叛黨素無悛心儻合謀致死則垂成之功顧爲國患臣以爲昔者

篤娃先衆請和雖死宜遣使安撫其子欵徹使不我
異又諸部既已歸明我之牧地不足宜處諸降人於
金山之陽吾軍屯田金山之北軍食既饒又成重戍
就彼有謀吾已擣其腹心矣奏入上曰是謀甚善公
宜移軍阿答罕三撒海地王既移軍察八兒禿苦滅
欲奔欵徹不敢納去留無所遂相率來降於是北邊
以寧上詔王曰公之先佐我祖宗常爲大將攻滅戰
野勳烈甚著公國之元老宣忠底績清謐中外朕昔
入繼大統公之謀猷又多今立和林等處行中書省

以公爲右丞相依前開府儀同三司太師錄軍國重事特封淇陽王佩黃金印宗藩將領實瞻公麾進退其益懋乃德悉乃心力毋替所服四年王入朝今上
皇帝燕之于大明殿眷禮優重九月六日疾病敕御醫數輩診療越三日薨于大都私第之正寢是夕大雨春秋六十有三皇太后賻鈔二萬五千貫上敕少府以香木爲棺給驛馬百送塟北地詔議飾終之典翰林臣請贈宣忠安遠佐運弼亮功臣太常臣請謚忠武宰相請其階官封如故制曰可夫人抹開公主

宗王斡赤孫女也也遜真公主宗王塔察兒孫女魯王脫脫女兄也燕鐵木兒公主旣察八兒女也赤鄰速氏千戶王龍鐵木兒女也完澤扎剌兒氏忽都台扎剌兒氏右丞相東平王女弟也並封淇陽王夫人子男七人曰塔剌海夫人赤鄰所生端良剛毅有古大臣風至元三十年佩金虎符特授昭勇大將軍左都威衛使大德元年三月加階昭武七月遷榮祿大夫徽政使仍左都威衛使四年兼樞密副使六年遷同知樞密院事八年兼宣徽使十年閏正月加光

祿大夫七月遷知樞密院事武宗卽位之歲五月詔曰卿事裕宗皇帝裕聖皇后爲善則多不善則不聞也卿其相朕奏曰中書大政所出細而金穀銓選臣國人也素未嘗學樞密宣徽徽政三使所領已繁又長怯薛及春秋隨駕蒐獮誠不敢舍是以奸大政固辭勑曰卿元勳賢嗣舍卿復孰相哉其勿辭拜銀青榮祿大夫中書左丞相仍領餘職他日詔曰成宗嘗賜卿江南田六千畝今加賜四千奏曰萬畝之田歲入萬石臣待罪宰相先規已利人謂臣何江南民力

極矣請辭萬石之入入官以蘇民力上悅而允六月拜太保錄軍國重事太子太師加階開府儀同三司依前左丞相七月拜右丞相監脩國史師保領錄如故未幾上手授太尉印奏曰世祖未嘗以此官官人臣不宜受奏可至大改元加領中政使其年四月二十有四日從幸上都至懷來以疾薨贈智威懷忠昭德佐治功臣太師上柱國追封淇陽王謚輝武夫人朔思蠻公主宗王察帶孫女也也里干公主宗王失禿兒女齊王八不沙女兄也木忽里宿敦官人孫女

也並封淇陽王夫人曰馬剌夫人完澤所生出內供
奉爲大宗正府也可扎魯忽赤武宗時奏曰臣家以
武顯而臣方壯不効節於大敵臣羞此生上大悅授
光祿大夫假左丞相行大宗正府也可扎魯忽赤于
北軍夫人孛澤公主宗王月魯女也椶兒合公主宗
王斡羅思女也完踶丁宣徽使怯烈女也曰佤頭抹
開公主所生六歲時裕聖皇后命侍武宗武宗出撫
北軍年十八今上淵潛時領府中四怯薛太官服奉
御是年六月特授榮祿大夫宣徽使九月加儀同三

司右丞相仍賜江西良田萬畝奏曰臣首受此田指臣求賜者多矣臣願還田縣官有敕依至大元年二月加階開府兼尚服使九月加中政使十月拜太師兼前衛親軍都指揮使阿速衛指揮使左都威衛使丞相宣徽尚服中政等使如故十一月上面諭曰公祖父宣力我家公之輔朕克廉克謹小心範物今旌德錄功爵公爲郡王已敕主者施行奏曰臣年德俱少所領事多恒懼獲罪王爵至重臣不敢受上曰公辭之良是然誰如公乃賜海東白體白文豹二年兼

知樞密院事三年二月加錄軍國重事五月左右部諸王宗戚大會于上都會歸例皆有賜而舊分忠武王黃金百五十兩白金二千五百兩錦綺五段上曰所賜大師如其父分奏曰父所受已重醲賞何可滂沛臣家隹奏十月上命爲尚書省大丞相奏曰尚書省銓選刑名非臣所諳乞寢新命上悅其誠聽焉今上之初詔曰公輔先帝盡忠無隱廉介貞白今命公嗣父長怯薛皇慶改元正月佩父印嗣淇陽王制下階仍開府儀同三司夫人入藍荅里公主楚王牙忽

都女也曰迭禿兒也不千抹開公主所生内供奉曰
也先鐵木兒曰奴剌丁並也遜真公主所生内供奉
曰伯都庶出女七人曰也遜真爲千戸怯薛夫人曰
蒙哥爲魯王愛牙赤妃曰闊闊失爲宗王小薛妃曰
稷台爲宗王罕差妃曰燕哥曰晏忽都未適曰實奴
爲宗王徹徹禿妃孫男五人曰鐵木兒也不千丞相
子也昭勇大將軍嗣左都衛使遷中奉大夫通政使
曰完者鐵木兒丞相子也曰按馬思不花曰阿塔火
者並淇陽王子也曰合八沙輝武王子也孫女五人

曰八迭兒爲宗王沙剌班妃曰奴只罕爲親王朔思班妃曰不魯合只罕爲越王阿剌荅夫里妃曰卯兒罕曰班丹俱幼曾孫一人朶烈不花鐵木兒也不千子也王既葬二年樞密副使野訥傳詔中書曰故淇陽忠武王其視故廣平王月兒魯倘爲之建碑都城健德門外命翰林直學士明善撰碑文平章政事珪書丹翰林學士貫篆額臣既受命懼不克奉明詔乃從其家得其世次行實則歛衽而論曰惟天朝一家九州四海遐邇畏威懷德者盖許慎氏與有力焉惟

許愼氏五世六王六太師始終恩數赫奕者實天朝
有大造焉然忠武王之爲父輝武王丞相淇陽王之
爲子以慈以孝移仁移忠宜乎男婚帝族女媲王家
入垂子則出垂臣範巖巖焉韡韡焉世有休仁蓋將
與天朝胥慶于億萬年臣不敏敢稽首而爲之銘銘
曰
維天有命聖人膺之維聖創業賢臣興之維家開國
孝子承之嗚呼休哉孰足徵之赫赫太祖實啓帝圖
桓桓淇王爲帝前驅淇王子孫四世惟肖猗忠武王

克忠克孝爰稽忠武始事世祖夙夜左右無怠寒暑親猶股肱親猶腹心我聞古人斯焉在今朝有柄臣肆其欺姦廷爭面指羣罪不瞞舉賢於側才足經國試諸方伯竟爲良弼帝曰上賢可保可師爾卿大夫及予倚毗北有金山世世扞反者朝用旰食邊將汗馬詔徃督師衣食予士毋使寒饑招徠迷子凡十一年反者破膽投戈自縛執迷孰敢敵人有言昔也狂醒使我盜兵棠與天爭天子神聖公甚英明賴公之英得爲天民帝曰公功進爵爲王旅力尚强永清我疆

驅馬來朝告我今皇一疾不起兩宮震傷飾終既備登嗣之良忠武之子三相兩師婦皆王女女皆王妃古亦有君莫我君仁古亦有臣莫忠武絶烈烈大勲與日同曜淇陽眞封子孫世紹忠武神靈從帝遊天勒詩貞石垂美萬年

駙馬高唐忠獻王碑　　閻復

大德九年秋七月詔謚故駙馬高唐王濶里吉思爲高唐忠獻王曾祖阿剌兀思剔吉忽里追封高唐忠武王曾祖妣阿里黑爲高唐王妃祖駙馬孛要合爲

高唐武毅王祖姑皇曾祖姑阿剌海別吉爲齊國大
長公主父駙馬愛不花爲高唐武襄王妣皇姑月烈
爲齊國大長公主忠獻王前尚皇姊忽苔的美實追
封齊國大長公主繼尚皇女愛失里追封齊國公主
從介弟高唐王朮忽難請也恭承卹典命府屬王元
舉狀先世勲德謁銘麗牲之碑謹按家傳系出沙陀
鴈門節度之後始祖卜國汪古部人世爲部長亡金
塹山爲界以限南北忠武王一軍阨其衝太祖聖武
皇帝起朔方併吞諸部有國西北曰帶陽罕者遣使

卓忽難來謂忠武曰天無二日民無二王汝能爲吾右臂朔方不難定也忠武素料太祖智勇終成大事決意歸之部衆或有異議忠武不從卽遣麾下將秃里必荅思賫酒六榼送卓忽難於太祖告以帶陽之謀時朔方未有酒醴太祖祭而後飲舉爵者三曰是物少則發性多則亂性使還酬以馬二千蹄羊二千角上詔忠武異日吾有天下奚汝之報天實監之且約同征帶陽會於某地忠武先期而至旣收帶陽天兵下中原忠武爲嚮導南出界垣留居鎮守爲疇昔

異議所害長子不顔昔班死焉武毅尚幼王妃阿里
黑挈之偕猶子鎮國夜遯至界垣門已閉訴於守者
縋垣以登逃難雲中太祖聞忠武死悼痛不已戎事
方殷未暇治也雲中既下詔求王妃二子得獲賙卹
孤嫠甚渥鎮國至封北平王握金印武毅自齠齔太
祖攜征西域還年十七鎮國已卒繼封北平王尚齊
國大長公主仍約世婚敦交友之好號按達忽荅鎮
國之子聶古䚟亦封北平王尚睿宗皇帝女獨木干
公主畧地江淮殁於戎事詔以興州戶民千計給葬

其戶至今隸王府齊國大長公主明慧有智畧祖宗征伐四出嘗攝留務軍國大政率諮禀而後行師出無內顧之憂公主之力居多初武毅未有子公主為進姬侍以廣嗣續鞠育之恩不啻已出子男三人長君不花仲武襄王季絹里不花君不花則定宗皇帝長女葉里迷失公主從憲宗皇帝伐宋至釣魚山宋人堅壁不下我師環攻宋卒乘壁而詬傍有坐而張蓋者以謂弧矢莫我及也君不花素善鞭箭射之以顛遂拔其壘三子曰囊加䚟曰丘隣察曰安童丘隣

察尚宗王阿直吉女回鶻公主國朝之制凡宗室之女皆稱公主武襄雖貴爲帝壻總戎日多家居日少中統初釁起闕牆敗叛將闊不花於按檀火爾歡獲其屬鎮海濟南之役環城當南面寇數出南門禦以勁兵輒復內竄以至授首還卒所部從大軍伐叛西北敗叛王之黨撒里蠻於孔吉烈數日之間會戰凡七俘獲甚衆撒里蠻尋復來歸拙里不花鎮雲南而辛子火思丹尚宗王卜羅出女竹忽真公主武襄所尚齊國大長公主世祖皇帝季女也生四子長忠獻

王次也先海迷失早世次阿里八斛耽嗜儒術尚宗王完澤女奴倫公主今高唐王尚宗王兀魯斛女葉縣干真公主早卒再尚宗王奈剌不花女阿實禿忽魯公主女三人必扎匣爲皇兄晉王妃葉里灣爲宗王按攤不花妃忽都魯爲河間王也木干妃忠獻王生長北方金革之用固其所長而崇儒重道出於天性興建廟學裒集經史築萬卷堂於私第講明義理陰陽術數靡不經意宗王也不干叛率精騎千餘併行旬日追及之時天盛暑將戰北風大起衆請勿戰

王曰盛暑得風天贊我也策馬以先大敗敵軍殺掠殆盡叛王以十餘騎竄是役也王身中三矢一矛斷其髮凱旋詔賞黃金二鎰白金千鎰聖上御極之初特頒金印封高唐王駙馬封王蓋自王家始王以西北未庭請往征之詔初不允請至再三方許之將行誓曰邊塵不清義不旋轡大德改元夏四月與敵遇於伯牙思或謂俟大軍畢至戰未晚也王曰丈夫爲國死敵奚以衆爲於是鼓譟而進大破敵軍殺傷甚衆擒將卒百餘人以獻詔嘉其勇果賜以先王所御

貂裘寶鞍繒錦七百介胄兵器有差二年秋諸王將帥會于邊共籌邊事咸謂往歲敵無冬至之警宜各休兵境上王曰今秋候騎至者甚寡所謂鷙鳥將擊必匿其形兵備不可弛也衆不以爲然王獨嚴兵以待是冬敵果大至彼衆我寡三戰三却之王乘勝追奔逐北深入險地後騎莫繼不虞馬傷而仆至陷敵域敵初待以壻禮數欲誘降應對之際皆效忠保節之語又欲妻之以女曰吾不覲皇太后慈顔非聖上面命不敢爲壻卒不能奪其志上憫王陷敵欲遣使

理索未得其人王府藎臣曰阿昔思往在戎陣嘗濟王於險衆推其可用乃遣使敵一見王於稠人中首問兩宮萬安次問嗣子安否語未竟輒爲左右所蔽翌日遣還王竟以不屈而終嗚呼昔忠武以一旅之衆經綸草昧去僞歸真繼以北平父子武襄昆仲被堅執鋭畢命邊陲以死勤事至王凡四世矣蓋王平生潛心聖學綱常之分了然於胷中知義重於生故臨難無苟免可謂無忝爾祖矣至於世締國姻奕葉封王河山帶礪子孫世爵聖朝所以崇德報功斯亦

至矣初王之北也世子王安甫朧襪祿詔以其弟术
忽難才識英偉授以金印玉帶海東白鶻封高唐王
襲爵之後恪守父祖成業撫民御衆境内乂安時齊
國公王卒已久凡王之珍服祕玩悉令謹厚者掌之
以需世子成立又慨兄死節及先德闇而弗彰俾元
舉走京師列其事以聞光荷封謚之號其孝友敦睦
雖儒素承家有不迨焉嗚呼賢哉銘曰
太祖聖武握乾綱風飛雷厲起朔方忠武華胄踵後
唐疆界南北司壕隍有國西北名帶陽射日之弧期

共張告以僞諜吞厥疆孤忠竟爲寇所戕帝聞其死
久盡傷世姻汝締寵渥彰鎮國金鈕何煒煌武毅繼
踵服王章子復尚主殁戎行一門三將追武襄東殄
海寇斧其吭北御邊釁平閲墻偉哉高唐忠獻王於
孫衍慶疏天潢帝姬再降惠澤滂尊師重道典郡庠
俗祗金華北方强禮義一變齊魯鄉英風勁氣直以
剛捐軀報國分所當千載烈日横秋霜河山誓爵奕
葉昌

元文類卷之二十四

元　趙郡蘇天爵伯脩父編次

太原王守誠君實父校訂

碑文

丞相東平忠憲王碑　元明善

皇帝嗣寶曆御宸極拜大司徒栢桂爲中書左丞相明年制贈乃祖孔溫兀荅推忠効節保大佐運功臣太師開府儀同三司上柱國追封魯國王謚忠宣木華黎體仁開國輔世佐命功臣太師開府儀同三司

上柱國追封魯國王謚忠武賜碑額曰元勳世德廟食東平別賜故中書右丞相贈推忠同德翊運功臣太師開府儀同三司東平忠憲王開國元勳命世大臣之碑碑建大都艮鄉之通逵猗歟盛哉是舉也其思烈祖創業之艱念功臣宣忠之亟勉丞相奮庸之恭歟臣承詔猥當執筆謹按東平王世家忠憲王諱安同姓扎剌爾氏五世祖是爲忠宣王親連天家世不婚姻太祖皇帝起兵與乃蠻人戰吾師敗績七騎走利追兵尾及困乏絕食忠宣多力走水次縛致二

歲槖駞炙其肉啖太祖太祖馬憊六人相顧忠宣遂
以己馬濟太祖步射賊而死子五人第三子曰忠武
王是爲忠憲王高祖忠武與博爾木博爾忽赤老溫
佐太祖定天下號爲四傑太祖戰失利單走澤中天
大雪忠武與博爾木張馬韉蔽太祖臥旦起視跡二
人之足不移太祖從三十騎行磵谷間遇羣盜突射
忠武三發三殪除徹馬韉障太祖叱騎戰賊賊問知
忠武名乃解去克烈主王可罕忌太祖嚴兵襲我我
得其謀太祖與忠武等悉精銳迎擊王可罕敗走死

諸部以次服太祖即大位官制簡止置萬戶二乃以
忠武爲左萬戶從破金師二十萬于野狐嶺北師由
紫荆口入忠武專征遼東西諸郡諸郡悉平詔授太
師國王都行省承制行事賜劵傳國永世太行迤南
盡委經畧金主奔汴忠武建牙雲燕南平趙魏東定
齊魯西擊晉秦中原之地盡爲國守四十年間無役
不從無戰不在破國覆邑惜殺禁剽風降景附懷仁
歸義癸未三月薨于聞喜遺命以未滅金亂爲恨子
曰孛魯忠憲王曾祖也嗣國王奉詔討夏攻銀肅二

州斬甲首數萬擒大將搭海詔分諸功臣邑門功策
一食東平郡李全盜據益都帥師圍全全窮出降山
東安戊子三月薨于鴈山子七人搭思嗣國王忠憲
王祖考也夙以忠孝自許奮曰大丈夫受恩明主要
須決機兩陣之間取功名以報國家庶不墮我先烈
太宗皇帝攺鳳翔將兵戍潼關從攻河中追斬守將
從戰京師于三峯山破四十萬人斬行省完顔合達
樞密移剌蒲兀朝行在所上顧之曰先帝肆天功建
鴻業諸國悉皆臣妾獨爾東南踀張一隅朕欲援桴

鼓衆親繫脣王爾意何居起對曰臣不逮先臣武然奉天子威靈汎掃淮浙取彼山川歸我版籍臣敢不以死自力政爾不煩大駕蹂卑濕之地上喜曰塔思終能成我大志從皇子曲出南征抜宋棗陽侵郢陷光州畧安慶巳亥三月薨第二子曰覇都魯忠憲王父也憲宗皇帝命佐世祖軍由蔡伐宋馳檄諭江淮人帥師與世祖會鄂渚憲宗崩內難方訌世祖以武靖總師留戍而還及踐大寶嘗曰朕居此以臨天下覇都魯之力也蓋昔者與論形勢之地武靖曰帝者

必居中撫八極朝覲會同道里惟均中都南俯吳越北接朔漠左控燕齊右挾韓晉大王必欲佐天子一大統非此不可至是定都于燕故有此言未幾薨于軍大德八年制贈推誠宣力翊衛功臣太師開府儀同三司追封東平王謚武靖夫人弘吉烈氏昭睿順聖皇后之兄也追封東平王夫人子男四人長即忠憲王次定同次霸虎帶次和同嗣國王女二人長適國戚木蘇次適太傅淮安忠武王伯顏恭惟忠憲王自中統初年世祖皇帝命掌環衛之政令位百僚上

太夫人入朝皇后一日上適卯及忠憲太夫人起奏
曰妾不敢自薦妾子以欺罔聖聽安同年少公輔器
也上曰以何期之太夫人曰朝囘必求魁公論天下
事未嘗目一輕淺謂然也以是上黙四年反者平執
叛黨千餘人論之如法上問曰朕欲悉死此黨時年
十六對曰兩主爭國彼安知有陛下且甫定神器不
推曠蕩之恩顧奮私憾殺無罪人何以安反側上驚
曰少年何以得老成語卿言誠開朕懷千人皆生至
元二年拜光祿大夫中書右丞相别食四千戶辭曰

叢爾宋竊號江南方宏聖略奮神武以臣謬膺宰相
獻笑三方宋孱生侮上改容有間曰熟思無以喻卿
其勿辭奏請燕王省可中書大政奏召大儒許衡衡
至詔議中書事衡辭以疾忠憲親候於邸語移時甚
契及還籌思累日不釋上時召衡諭之曰安同練事
未熟善左右之卿所練語使達朕衡對曰丞相資識
聰敏雅有定操稽古獻議即解要領臣敢不竭愚罄
有四年奏曰碩德如姚樞輩三二人可省中書省事
上曰此輩固宜優禮五年阿合馬議立尚書省乃先

奏忠憲三公詔諸儒議樞密商挺昌言曰安同國之
柱石一日不可出中書進三公是崇以虛名奪其實
權也衆起和之事挫不行六年大兵伐宋先頻襄樊
廟謨也七年奏曰臣近言尚書省宣奏如制其大政
令大章程聽與臣議然後得聞今尚書臣違詔徑行
上曰阿合馬恃朕信用敢爾自專勑尚書如前詔入
年陝西行省臣言歲飢盜熾若不顯戮無以威衆奏
曰盜犯强竊當罪重輕一切處死法何以立罪入死
者待報從之十年奏以玉冊玉寶上皇后弘吉烈氏

以玉冊金寶立燕王爲皇太子兼中書令判樞密院
十一年劾奏阿合馬欺國害民有徵數事又奏各部
及大都路官阿合馬奏擬非人乞加黜汰十二年詔
行中書省樞密院事從皇子北平王出鎮北圍遂留
極邊十年不與朝廷通二十一年三月從北平王歸
上召入勞之留語卧內四鼓而出冬十一月復拜中
書右丞相進金紫光祿大夫詔天下監察御史陳天
祥劾奏右丞盧世榮略曰人思至元初治不能忘也
去春丞相安同還自北邊天下聞之室家相慶咸望

復膺柄用治期可立而得果承恩命再領中書貴賤老幼喜動京師時政之治與不治民心之安與不安繫丞相之用與不用爾又如大夫玉速鐵木兒丞相伯顏朝廷專任三相事事咨而後行無使纖人從旁沮撓能者進能善者行善誠厚天下之大本理天下之大策又安用掊克在位倚以爲治哉其年世榮敗中書條上世榮所爲掊克諸事詔皆罷之奏漕司諸官上曰平章右丞固取朕裁餘皆卿事顧欲一一相煩有失寄託初意因奏曰比覺聖意欲倚近習爲耳

目者臣猥列台司所行非道從其彈射罪從上賜柰何近習伺間抵隙援引姦黨曰某人與某官以所署事目付中書曰準勑施行臣謂銓選自有成憲若此廢格不行必有短臣於上者幸陛下察之上曰卿言甚是妄奏者入上其名二十四年上決意立尚書省奏曰臣力不能回天乞不用桑葛別相賢者猶或不止虐民誤國不聽二十五年見天下大務一入尚書省屢上中書印不許明年宰相止掌環衛又十年正月十九日以疾薨于京自樂安里第春秋四十有九

上悼惜久之曰人言丞相病朕謂不然果喪良輔詔
重臣監護喪事家老一無所受素車樸馬歸葬只闌
秃之先塋忠憲王巍然若山莫捫其高湛然若淵莫
測其深其粹如玉其精如金其嚴如秋其溫如春夷
險安危死生榮辱確乎中處一皆不動年十八入相
薦引端良責成職任漢士如史丞相天澤姚左丞樞
許左丞衡商叅政挺竇學士默尤傑者也立御史臺
以正紀綱立大常寺以崇禮樂剷除苛虐開布寬平
抑奢尚儉薄征厚施由是朝廷清明海内寧壹倉庫

豐盈年穀屢豐天子嘉之曰安同爲相朕寢乃熟時向承平方與諸儒經畫典制賛理樞機以宗社尊安爲已任以民物阜豐爲已責一政失平一物失所慘然不樂改而後已公退府南開一閣咸進賢士大夫講論古今治道評品人物得失亹亹應接不倦而請謁絕跡於清門居第一堂一厨或請創兩廡粗備燕息者乃曰身足於庇完矣餘室何用神觀端嚴望而尊敬每旦暮出入過者拱立目送曰是吾安相也及薨木介三日天下聞之識與不識無不驚哀至有失

聲者曰賢相死矣吾復何望薨後十年御史臺及集賢諸儒請加贈謚以昭明德制下乃有今爵封謚以及父武靖王夫人怯烈氏封東平王夫人子兀都台嗣掌環衛成宗皇帝拜銀青榮祿大夫大司徒領太常寺大德六年正月十一日薨年三十有一武宗皇帝制贈輸誠保德翊衛功臣太師開府儀同三司上柱國追封東平王謚忠簡婦篤思剌氏封東平王夫人男孫一人即今丞相女孫一人適淮安忠武王之孫樞密副使囊家帶之子同僉樞密院事相嘉碩利

丞相幼從太夫人鞠育稍長兼事華學凝然端大巳
兆偉度年十二事武宗嗣掌環衛仁宗皇帝拜資善
大夫太常禮儀使俄遷榮祿大夫大司徒太常如故
又進階金紫光祿大夫加開府儀同三司延祐七年
拜中書平章政事六月陟百揆自初仕介特不阿剛
廉有制衆已有忠憲王之望及作相上輔聖主下率
羣僚恪司彝憲壹殉至心明嚴峻潔苞苴自絶方爾
謀叶八座道即天工共成聖元無大之業臣稽首論
曰忠憲王襲累葉之勳抱絶倫之德膺世祖紹統之

初際聖代建極之盛天度夙成英猷大肆遠徵近禮
廣詢博釆鴻儒獻其所蘊智士竭其所至治化油然
以隆風俗淡焉以厚至元之初何減漢文之世俾得
展能專理期之致寧收效所書蓋不止此然房喬杜
晦顯烈寡傳第功懃德爲高宗臣若忠憲王者有立
于前或承于後論相歸賢固當稱首古所謂社稷之
臣也嗟乎其始出鎮也誰歟其再罷相也誰歟議者
不能不歸罪阿合馬桑葛也之二罪魁孰與並立良
相之去朝也宜矣甚之公道正如青天白日雲煙有

時蒙蔽眞風元氣盪滌斡旋廓乎清明可跂而睹忠憲王之表表在天下是已若夫紀竹帛銘鍾鼎光在邦家不得騰實同里而垂休華夏播列蠻夷未必不在斯文其辭曰　正統天斬不永以畀猗維帝元眷命無已烈烈太祖衆始一旅四傑起輔如龍如虎敵師陸梁走撻之楚諸部大人崩角啓處侃侃忠武秉鉞專征薄伐遼霅至于海城戮頑植愿百邑告寧乃趙乃魏自燕南兵齊魯歸明血戰晉并斬關入秦咸鳳莫京取厥鯢鯨耄倪不驚金人扼河蹐蹐偷生有據

上游帝建九斿有開輿圖帝撫八州於穆世皇畯出東方爰相思憲抒誠進艮兩相廿年萬彙皆昌徵車四馳元老奏康更褒迭進無材不揚文物其章化道之祥而圖也大而見也定而行也公而守也正巍然山立賞淑罰慝風行萬國定知誰力忠憲之職世皇之德緊今丞相相明天子天子倚毗臣無有比何以熙載第思盡巳地紀天經日月重明民安物阜海寓晏清布寫公方持守盈成維祖規模維孫儀形在履之貞在繼之靈文武三相聖輔三帝光輝接日勳庸

葢世維元世世萬維帝葉千維無窮年尚徵相賢尋河可源凌岱可巔荷稽高遠靡趾方邊景行其全不在斯鐫不在斯鐫奚永夫傳質之自天風雲與宣文鼇負石炳燿山川

丞相淮安忠武王碑　元明善

天以正統命帝元太祖皇帝奮起朔方博爾朮木華黎博兒忽赤老温四傑輔之滅克烈滅乃蠻滅夏滅金乃有天下三分之二宋承中華之運西距蜀楚東際吳越盡有荆揚益三州之野世祖皇帝紹運撫圖

肆弘大略發兵二十萬授丞相伯顏不三年而滅宋聖文神武固勞造化雋功偉烈寔由折衝四傑開之於其前一相擴之於其後國家接五帝三王之緒保無疆歷服至於億萬維年而功臣生分爵國死配廟廷有以也夫謹按太傅淮安忠武王諱伯顏姓八隣氏蒙古部人曾祖考朮律哥圖以其兵從太祖討定諸部嘗爲千夫長贈推忠贊治功臣太尉開府儀同三司柱國追封淮安郡王謚武定祖考阿剌嗣官平忽禪有功得食其地從憲宗皇帝征蜀卒于軍贈推

誠佐理翊運功臣太傅開府儀同三司上柱國追封
淮安王謚武康考曉古台佐宗王旭烈開西域執國
事以没贈崇仁廸慶翊戴功臣太師開府儀同三司
上柱國追封淮安王謚武靖至元初年王奉使天子
世祖見其貌偉聽其言厲曰非諸侯王臣也其留事
朕遣介還報建謀發令才恒出廷臣上由是上愈益
賢之勅中書右丞相安同女弟昭睿順聖皇后姊之
女女王若曰爲伯顏婦不慙爾氏矣拜光禄大夫中
書左丞相一時君相慶明朝野晏清號爲極治七年

改同知樞密院事十年持節奉玉冊立燕王爲皇太子十一年復拜左丞相總襄陽兵伐宋上曰曹彬不嗜殺人一舉而定江南汝其今體朕心古法彬事毋使吾赤子横罹鋒刃王受命馳至襄陽諸軍纂嚴禡師啓行薄郢州潦水溢塗人病於涉王曰吾且飛渡大江而憚此潢潦耶度使一騎前導諸軍畢濟郢城恃江爲固而兵精食足耀兵不攻潛由平江堰盪舟而過郢將將二千人追我王以百騎殿郢人不敢逼平章阿术公適至郢人走王手斬其帥趙文義以徇

戰禽沙洋守將壓新城而軍列沙洋俘馘城下不應
城陷佩沙洋降將黃順金符上爲招討使炫其榮於
宋人以故江陵諸郡相繼送款遣别帥受之降阿术
公使右丞阿里海牙來期渡江不答明日又來又不
答阿术公自來王曰此大事也主上委吾二人餘可
知吾實乎潛刻期而去將自沙蕪口入江宋制置使
夏貴將精兵守之乃陽言明日圍漢陽夏貴來援我
遣奇兵襲奪沙蕪口大兵咸會江北岸宋戰艦屬江
中餘三十里我以白鷂千艘爭陽邏堡夏貴分兵拒

戰命阿术公挽舟逆上載死士三千夜渡是年十二月也明旦王戰夏貴江上兵奪陽邏堡逸夏貴諸將請曰貴大將而逸之可乎王曰陽邏之捷吾將遣使前告宋人而貴走代吾使也貴今來矣未幾果以廬州歸我師既渡江將佐咸賀王曰天子威靈阿术武勇將校用命吾何力焉王陳師鄂城下鄂恃漢陽將戰焚其蒙衝火照城中明日鄂人反漢陽人皆下留阿里海牙守之規取荆湖王與阿术公等東兵興國蘄黃南康江州望旗輒靡殿帥范文虎以安慶張都

統以池州來二月都督賈似道舟師十萬陳丁家洲我士賈勇索戰軍容甚盛似道聞鼓聲先遁其師遂潰獲都督府符印斬虜無筭太平寧國建康無爲鎮巢皆送筦籥請城主行省至建康時江東大疫居民乏食乃開倉賑飢發醫起病人大歡喜曰此王者之師也有詔時方暑熾不利行師候秋再舉王上奏曰百年逋寇已扼其吭風馳電擊取之恐後少爾遲囘奔播江海遺患留悔矣上語使者曰詔爾丞相朕不從中制也十二年七月詔王入朝進右丞相辭曰阿

术功多臣宜居後以阿术爲左丞相賜從戰功臣爵
賞有差躬受廟謨會諸將於淮安同左丞相圍揚州
未下十月王馳至鎭江分軍三進參政阿剌罕以右
軍出建康道參政董文炳以左軍出海道王以中軍
出常州道咸會臨安攻常州守將劉師勇遁諸將請
追之王曰勿追師勇所過城守者膽落矣蘇湖秀州
先師果降阿剌罕文炳皆來駐臨安北宰臣陳宜中
發使來請降曰及期宜中逃海軍進皐亭山宋主遣
其臣齎國璽奉表納土命董文炳入宋宮取宋主居

之別室封府庫歸之有司宋滅十三年三月也放散
兵衛罷易官府錢塘沙上三月海潮不至宋人以爲
天助宋主求見于日未入朝禮無相見也留左丞董
文炳鎮臨安經畧閩越四月獻宋主趙㬎謝后全后
于上都上御大安殿降封㬎爲瀛國公遣大臣告成
功于太廟上勞王王再拜謝曰奉陛下成算阿朮效
力臣具員而已何有功能詔以陵州藤州增食戶爲
六千同知樞密院事十四年宗王失烈吉畔詔王將
兵討之與賊夾水而陣久之不戰令牧馬具食賊疑

而忽俄引兵渡水擊賊失剌吉走死十八年詔從王太子撫軍北鎮諭太子曰伯顏才兼將相行全忠孝故命汝從王太子次舍必與論天下事待有加禮别吉里迷失者嘗誣王以死是年得誅罪勑王臨視王與之酒愴然不顧而回上問其故對曰彼罪自致臣若臨刑人將不知天誅之公也上賞其量二十二年宗王阿只吉失律詔王代總北軍遠斥候謹隄防足兵食明賞罰不肯要功生事將校大和敵人遠避二十四年宗王乃顔將反報者還至詔王覘之多載衣

裘以往至其境輒賜驛人乃顏讌王王以大義語乃顏乃顏陽應而陰欲執王酒闌趨出與其從者潛分三道以逸驛人以得衣裘故爭獻馬以逝遂脫追騎以其實聞佐上親征奏李庭董士選師漢軍得以漢法戰金剛奴塔不帶進逼乘輿漢軍力戰賊不能陣而走及禽乃顏王之謀畫居多二十六年加金紫光祿大夫知樞密院事總北軍討叛王明里鐵木兒大戰敗之明日捜其伏兵追斬二千餘級馳書開諭明里鐵木兒其人奉書以泣有譖王于上者詔以御史

大夫月兒魯那演代之居王大同以俟後命未至軍三驛王遣使語大夫曰所至姑止待我翦此寇卿來不後時海都帥大兵以入寇進我退卻是而南七日衆帥怒曰寇至則走何不武若是果懼戰胡不授軍大夫而誤國事也王曰海都入吾境持重而毆邀之則遁誘使深入一戰可禽諸軍必欲速戰戰非吾懼果失海都誰任其咎衆曰請任之王麾軍邀擊敵兵大敗殺虜幾絶惟海都脫走乃召大夫至軍授印而去三十年十二月驛召至大同上不豫明年正月宮

車晏駕遣使召成宗于撫軍王總百官以定國論兵
馬使請日在鳴暮鐘日出鳴晨鐘問其故對曰防變
起也王曰汝將爲賊耶其如平日宰臣請誅盜内府
銀者曰幸赦而盜不可長也王曰盜何時無今以誰
命誅人其守正體大多類此四月成宗即皇帝位于
上都大安殿時親王有違言王按劒陳祖宗寶訓述
所以立成宗之意辭色俱厲諸王股栗趨殿下拜五
月如開府儀同三司太傅錄軍國重事依前知樞密
院事上意欲王入中書時相忌之王呼相語曰幸送

兩罌美酒我與諸王飲於宮前餘非所知也江南行三樞密院行省臣累陳非便樞密臣庇之有詔問王王已病張目對曰罷行樞密兵柄一歸行省於國事爲完三院遂罷是歲十二月薨于京師甘棠里第春秋五十有九遣重臣來賵勑百官送葬送者盡哀葬于白只刺山之先塋夫人別宿真即扎刺爾氏封淮安王夫人再娶斗奴氏生三男子買的正議大夫僉樞密院事囊加台通奉大夫樞密副使朶真普未仕俱卒副樞娶丞相與元王孫中政使買荀之女生一

男子一女子男相嘉碩利正議大夫同僉樞密院事
女適資德大夫大都留守晃兀兒不華王薨成宗贈
宣忠佐命開濟功臣太師開府儀同三司追封淮安
王謚忠武仁宗皇帝賜鈔十萬貫畀江浙省臣廟祀
臨安皇上勅建碑于都城之郊賜額曰開國元勳佐
命大臣之碑命臣明善製其刻文臣聞忠武王天質
高厚風神靜明英偉端大剛介莊廉當大任而不恐
遇大論而善斷言笑有時喜愠莫測恒負天下之重
以神器奠安爲務仁視羣品無間親疏義使英材無

比適莫故四海公論翕然歸之其平宋也將二十萬
猶將一人賞罰信紀律彰大將禀命仰之若神明降
人投誠依之猶父母未嘗妄戮一卒未嘗妄殘一物
貨利不足移其心聲色不足惑其志師入臨安禮賢
黜罪市肆不易雞犬無驚歸馬蕭然囊惟衣被畢事
還朝口不言功連出總師無役不最嗚呼碩德元才
生由間氣良相名將見諸行事乃知宇宙之間功名
之表自有大人也溯成正統騰耀始日力扶寶運播
烈終年請即是而作頌頌曰　世祖聖神地翕天開陽

施陰闔鼓盪風雷駕馭羣才鞭笞九垓糞掃兇災祥
慶有來糾糾雄豪英英俊髦樂世之遭陋時之逃或
秉樞機或建旗旄纓冠自獻文奮武招維忠武王胥
會明良雄圖遠韻聖度恢張制曰伊賢當吏天子左
官諸侯奚爾器使乃命之相乃命之將爰資弼亮爰
資開盪嗟茲中土鼎峙三主既殄其二一也無武天
生聖人賚之良臣頸組厥君稽顙軍門東洟扶桑西
跡虞淵北盡窮髮南極玄蠻咸受正朔襲我衣冠委
勳不居歸衛帝廬出總北師馬騰士娛輿目睢盱望

入中書鉅材乃儲翊運是須肅將天威劒而登殿揚
命羣王羣王自愞策帝御天下拜登讌是日徵王慶
會幾變始知世祖神幾先見故抑王容留垂後憲稽
其一德始終交盡杼誠兩朝力殫無靳進官三公心
不增隆追爵一王道不加崇維王達節高抱孤忠維
王獻能茂建元功紀勳竹帛鑄銘鼎鍾並日不滅與
國無窮勑臣作頌勒之貞石昭示萬國永著臣則

元文類卷二十四 終

元文類卷之二十五

元　趙郡蘇天爵伯脩父編次
太原王守誠君實父校訂

碑文

丞相順德忠獻王碑　劉敏中

太傅右丞相贈推誠履正佐運功臣太師開府儀同三司上柱國順德忠獻王答剌罕既薨之五年皇慶改元之秋上詔中書故丞相答剌罕弼亮三朝功多不可以不顯其相地盧溝通逵旁勒碑焉且詔臣敏

中撰文臣竊惟有國致治難得賢爲尤難是以古之
聖王得一賢則信任之尊顯之使得以盡其能又必
褒崇之表異之示不可忘其勞若太常之紀盟府之
藏鼎彝之勒麟閣雲臺之像不一而足重得賢之難
也我元聖聖相承天祐生賢相臣將臣炳烈相望人
才之得於斯爲盛若夫懷遠圖而略近功先大綱而
後小數藴江海之量負山嶽之重不威而令行不言
而人服處難而無所惑履變而不可奪端委雍容而
朝廷尊安天下受其賜則忠獻王其人乎上之所以

眷眷焉不忘而王之所以荷此表異之渥也宜矣嗚呼聖人言君使臣以禮臣事君以忠于茲焉見之臣謹按王諱哈剌哈孫朔方人其族爲斡羅那氏襲號答剌罕曾祖考諱啓昔禮贈推忠佐命宣力功臣太師開府儀同三司上柱國追封順德王謚忠武祖考諱博理察贈協忠翊亮定遠功臣太師開府儀同三司上柱國追封順德王謚忠毅考諱囊加台贈宣忠效節保大功臣大師開府儀同三司上柱國追封順德王謚忠愍曾祖妣哈剌眞氏祖妣完者氏妣脫魯

咎納氏並封順德王夫人忠武重厚有英才遇太祖
皇帝於飛龍見躍之際知可汗將襲之趣告帝爲備
果至我兵縱擊大破之尋并其衆以功擢千戶賜號
答刺罕時官制惟左右萬戶次千戶非勲戚不與答
刺罕譯言一國之長帝謂侍臣彼家不識天意故來
相害是人告我殆天所使我許爲自在答刺罕矣因
賜御帳什器及宴飲樂節如宗王儀是後所下郡國
由奉聖大同至陝西西域土番雲南遼東未嘗不從
推堅蹂强以死力自効壬辰太宗皇帝略地河南忠

武間出太行反擊燕有功會病薨子十二人其三忠
毅也以勇鋭服衆從睿宗皇帝取汴蔡滅金丙申錫
分邑順德病薨二子次爲忠愍果毅有謀以近侍從
憲宗皇帝伐蜀多勞績戊午薨于軍於是王甫及歲
而識悟異凡兒目不視戲稍長善騎射尤習國書聞
儒者談輒喜至元壬申世祖皇帝納勳臣後一見異
之命襲號答刺罕長宿衛百人夙夜共職惟謹嘗從
獵馬蹶傷面上直如常帝命醫視眷益重明年秋九
月帝御萬壽山王侍賜金段諭曰汝先世勳大朕且

大用汝又明年春丁母夫人憂哀毀踰禮是冬十月
帝獵三不剌歸語皇太子曰答剌罕非常人比可善
遇之乙亥江左平賜廉欽二州益其邑乙酉拜太宗
正賜珠衣一襲時郡縣囚盜詐者上宗正決屬當遣
使決死囚諸道王重按獄詞小不具悉令覆勘奏決
者僅六十人耳尋赦下所活數百人大同民群鬭毆
鷹房三人死近臣以變聞帝怒亟遣王治止坐其首
鬭者京師有以僞造楮幣連富民百餘家王盡釋之
保定諸郡旱民當輸米京師多以輕資就糴有司摭

爲奸欲没其産賞告者王得其情皆縱去曰舍貴就
賤民便事集又何罪爲柄臣擅威福益横知王惡巳
忌之數曲爲邀致竟不一往其家僮冒禁殺牛有司
莫敢詰王致以法益忌謀撓王以多事奏請江南囚
亦隸大宗正莅决王曰彼閭民教令未孚若一切繩
之恐生亂帝是之而止辛卯帝念湖廣失治欲遣近
臣往莫宜王臺臣奏答剌罕在宗正决獄平即去恐
難其人帝曰彼地朕嘗駐蹕治非斯人不可王遂行
隨賜以玉帶授榮禄大夫湖廣省平章政事湖廣南

瞰交趾占城西掖蜀西南接南詔東連吳會境壤且
萬里而八番兩江蠻獠布溪峒間虺蛇起伏跳踉小
戾則相讐殺攻剽無時故治視他省劇甚王至審利
病度先後簡僚佐撫兵民威行德流善遂頑革錢粟
刑獄井井有條自宋時有巨盜嘯黨出没湖湘殆二
十年不可制王選士付以方畧悉擒誅之江州隷江
西省有猾民餌官府恣虐凡剽船江中群盜皆與爲
根穴交通王知狀徑縛以來百救莫施卒寘於死遠
近震悚俄置行樞密院兵民政分勢不相營姦宼伺

發溪峒以閧壬辰王入覲列其不便罷之帝問王人言廉訪官反撓吏治朕已令覘之卿謂若何王曰憲司職糾姦弊貪吏所疾妄爲謗耳帝以爲然及還邊將征交趾出其境王戒曰無擾我民有奪民魚菜者杖其千夫長一軍肅然乃上奏曰往年遠征無功民瘡痏未蘇乃復有事非國善謀也又發湖湘富民屯田廣西爲圖交趾計王以徙民瘴鄉事固難成必且怨叛遣使密奏吏抱券請署不答俄使還報罷民大悅已而廣西元帥府請募南丹戶五千屯田襟要謂

士不死瘴癘餽餉有餘蓄實空荒之地爲邕管之蔽制諸蠻控交趾其利有六王喜與之牛種農器置長統焉聞諸朝到于今便之湖廣舊無夏稅柄臣援唐宋末世爲徵王曰衰獘之政聖朝可行邪竟奏罷常澧辰等州大水漂民廬多死者王亟發廩爲之賑慰凡災皆如之甲午春正月世皇登遐王謹斥候戒不虞境內寧肅大德戊戌九月朝成宗皇帝于上都帝嘉其績授光祿大夫左丞相行省江浙視政凡七日綱舉七十餘事民風吏習翕然爲變入爲中書左丞

相加銀青榮祿大夫杭之耆庶伏地攀泣馬不得前
王旣當鈞軸益以天下自任每退食延見四方賓使
訪以物情得失吏治否臧人材顯晦年穀豐歉采可
行行之凡論議先以國典參以古制揆以時宜必當
而後已其可否事猶元化之運順無留滯惟不言利
不喜變更一以節用愛民重名爵爲務京師先未有
孔子廟而國學寓他署王胃曰首善之地風化攸出
不可忽乃奏營廟學胥躬爲臨視旣成朝野瞻聳選
名儒爲學官奏遣近臣子弟入學而四方來學者益

衆又郊禮久未遑王總羣議奏行之辛丑同列以或
者議倡言世祖皇帝以神武開一統功蓋萬世陛下
未有代國拓地之舉以彰休烈西南夷八百婦國弗
率可命將往征王謂山嶠小夷去中國遼絕第可善
諭向化苟將非其人未見所利弗聽竟奏發湖廣兵
二萬人丁壯役餽輓數十萬將失紀律果無功而還
諸蠻要擊飢疫相仍比至將士存者纔十一二會赦
有司議釋將罪王曰徼名首釁陷失士馬非常罪比
不誅無以謝天下奏誅之癸卯秋拜中書右丞相加

金紫光祿大夫王常言治道先守令至是選掄益詳
時號得人定官吏贓罪十二章及丁憂婚娉盜賊等
制禁獻戶及山澤之利每歲春大駕幸上都王必留
守其重可知已時帝疾連歲權移中闈羣邪交扇勢
焰翕忽王以身維之姦不得逞事以無撓丙午加開
府儀同三司監脩國史直僚屬奏脩三朝皇后及宗
室功臣傳冬十有一月帝弗豫王入侍醫藥出總宿
衛且理幾務諸藩王欲入侍疾王拒之丁未春正月
宸御晚駕時武宗皇帝撫兵居北王封府庫稱疾卧

闕下理幾務如故中闈以姦臣謀絶北道驛欲行祔
廟禮王格其事密記授使間走踰兩驛始得傳馳報
武宗諸懷詐者數欲害王王不爲動内外懍懍視王
以安會今上皇帝皇太后王自懷姦臣希中旨謀爲
不軌三月王賛今上皇太后擒滅其黨發使迎武宗
四月今上皇太后如上都王繼往五月武宗卽大位
加太保開府儀同三司録軍國重事中書右丞相監
脩國史賜以憲廟所御白貂裘寶帶未幾加太傅賜
第見其子脱歡近侍和林控北邉始置宣慰時諸部

落降者百餘萬口乃罷宣慰詔王以太傅爲左丞相行省事賜楮幣十五萬緡黄金[illegible]十二鎰白金二千五百兩帛四百端乳馬六十疋皇太后賜楮幣五萬緡帛二百端至和林獲盜米商衣者即斬以徇攘竊屏息行旅爲便分遣使發廩賑降口復奏請錢七千三百萬緡帛稱是易牛羊給之又給網數千令取魚食遠者阨大雪金山命諸部置傳車相去各三百里凡十傳餽米數萬石牛羊稱之又度地立兩倉積米以待來者全活不可勝紀有飢乏不能達和林徃徃

以其男女弟姪易米以活皆贖歸之和林歲糴軍餉恒數十萬主吏視利繆出納囊橐滋弊久矣立法以過其源稱海屯田廢弛重爲經理歲得米二十餘萬斛益購工治器擇軍中曉耕稼者雜教部落又浚古渠溉田數千頃穀以恒賤邊政大治至大改元戊申帝賜大帳如親王制諸藩稟命戎事則以宴之仍賜酒米百斛皇太后今上咸有賜焉天下傾耳以俟復召是冬十一月遘疾召其屬曰吾不起矣不得報國矣汝曹各自勉此間金穀勿貽朝廷慮其屬以聞帝

驚愕命醫偕其子脫歡行以閏月某日薨于和林所
居之正寢春秋五十又二天雨木冰連日帝大傷悼
遣近臣慰諭其子賜賻錢五萬緡今上賻錢二萬五
千緡勑大興尹買葬地昌平陽山南之原曰使天下
後世知吾賢相耳乃胥議爲石塚柩至以是月二十
有九日葬焉近而朝著遠而士民以及四方慟哭流
涕嗟悼懷慕及奠于冢者無有已也明年巳酉八月
有封謚之命先配孫都氏繼室扎剌兒氏昭剌氏扎
剌兒氏怯列氏並追封順德王夫人一子即脫歡由

近侍爲太子賓客今上御極遷御史中丞進大夫官
榮祿大夫襲號答剌罕博貫經史特立正言得風憲
體皇慶改元壬子制加王曾祖考而下三世爵謚大
夫之母完者氏封順德太夫人王爲人神宇靖偉簡
重寡言不見喜慍望之儼然知其爲公輔器其在宗正
也從世皇北巡平宗王亂初入叛境王率三百騎猝
與敵遇徐整騎突出敵背連彀矢殪數人敵披靡遁
帝壯之其在中書也引儒生討論墳典至堯舜禹湯
文武之爲君皐夔稷契伊傅周召之爲臣歎曰人生

不知書可乎乃館士教其子學由是而觀王之文武志略本乎天性奮身逢時發於至誠故其事業之見于世剛明正大巋巍煒燁如此嗚呼古所謂大臣者王爲無愧矣臣既述其事乃繫之以詩曰漢有文成難制將變元有忠武患去未見掖聖承天偉績共貫忠武有孫維王忠獻維嶽降靈維王以生雲風類從近列以升穆穆世皇羣材權衡孰大子任王予是稱利器所施宗正焉始挺然鶚立獄平政理朝有臣姦王不以齒有媢不答姦氣爲褫帝念湖廣控馭匪宜

陟之鼎司曰汝徃釐霜肅露濡化行若馳烏蠻海夷悅服熈熈移杭未旬入總大政民有怙恃事有龜鏡惡者自懲善者相慶百度亹亹咸綂于正成宗上仙回邪譸張勢狹中闈搆謀非常王翊潛龍寘彼斧斨伊霍之重賴其胥匡武皇嘉之康錫三接朔方往撫有聞赫赫一夕隕星山圮棟折遄歸之望竟莫爾慭天子曰嘻斯何人斯何紓予思其碑而辭大書深刻九逵是向尚千萬年監此良相

駙馬昌王世德碑　張士觀

至治元年十二月癸亥制贈駙馬昌王阿失高祖孛禿爲推忠宣力佐命開國功臣太師開府儀同三司駙馬都尉上柱國追封昌王謚忠武高祖妣公主帖木倫公主果眞並追封昌國大長公主曾祖鎖兒哈宣忠保大翊運開國功臣太師開府儀同三司駙馬都尉上柱國追封昌王謚忠定曾祖妣公主不海罕追封昌國大長公主祖扎忽兒陳推誠靖遠佐運贊治功臣太師開府儀同三司駙馬都尉上柱國追封昌王謚忠靖祖妣公主也孫眞追封昌國大長公主

父忽鄰効忠保德輔運佐理功臣太師開府儀同三司駙馬都尉上柱國追封昌王謚忠宣妣公主伯牙倫公主卜蘭奚並進封昌國大長公主公主益里海涯追封皇姑昌國大長公主既頒卹典又詔翰林文諸石臣士觀祇奉明詔按世系王族爲亦啓剌氏以小字阿失行忠武發逢興運從太祖皇帝起朔方同諸豪傑飲水于黒河要結盟誓經啓疆宇初太祖遣使四方諭訪人情至忠武所時忠武止畜一牝羊烹其羊迎勞使者又以使者馬瘠易以巳之良馬使回

併烹牝羊餞之使者復命具以忠武誠欵對上嘉之
遂以皇妹帖木倫公主下嫁實生忠定帖木倫公主
殁繼尚皇女果真公主嘗從征乃蠻翊衛左右未始
少離上閔其勞以所獲戶民多賜其部我師既破長
城右遣國王木華黎經畧北京左遣忠武規取阿八
合亦馬合等城所得漢民即賜忠武且諭旨曰諸部
各遣子弟入侍時火魯剌帶哈兒八台違旨命忠武
提兵千人誅之以令衆復以所隸百姓賜之追上征
河西扈蹕戎行備著勤勞師未旋鼎湖上仙甫旬日

忠武亦卒太宗震悼不已曰孛秃事我皇考宣力良
多今巳云亡送還本土遂葬於乞只兒仍禁其地三
年如國家制忠定繼起擢爲萬戸尚宗女不海罕公
主總戎南征攻嘉州破之師還卒於道忠靖從定宗
皇帝討平萬奴有功尚宗女也孫眞公主忠宣先尚
憲宗女伯牙倫公主以失列吉叛屢著戰功繼尚宗
女卜蘭奚公主征乃顔扈從乘輿忠勤備至世祖憐
之賜名霸突霸突譯云驍勇也維亦啓列民世篤忠
貞積慶流祉至王益大王生資英果年十五巳能從

征乃顏躬履行陣至今不懈郤敵奏功者屢矣是以
尚宗女撒兒塔陳公主歲辛丑與都兀戰射中其足
敗之成宗錄其功以皇女益里海涯公主下嫁是生
今上皇后及晋王妃亦隣眞八剌繼尚憲宗女孫買
的公主武宗即位襲爲萬戸賞賚優渥頒金印封昌
王仍置王府迨仁宗朝賜文豹及海東青白鶻歲以
爲常今上即位賜楮幣一萬定西馬及七寶帶各一
太皇太后繼賜楮幣萬定子七人曰失剌渾台尚宗
王木南子東亦勤眞公主撒兒塔陳公主出也曰葢

藏八剌曰阿剌納失里買的公主出也曰塔海曰汝
奴朶兒只監臧朶兒只臣竊惟繇漢以來言世家者
必曰袁氏之四世五公高密之重侯累將載在方策
以爲美談王家繇高曾以來載德象賢忠事我 朝至
於奕世封王一門尚主國家所以宗德報功斯亦至
矣其寵貴視袁氏鄧氏宜無少讓而隆名偉績則又
過之以之銘鍾鼎書竹帛其誰曰不然臣士觀謹再
拜稽首而獻銘曰
於皇聖元受命于天群雄入彀載造坤乾忠武崛起

儷景同龢翼佐王烈執鋭被堅蹻蹻忠定奮其才賢
光依日月躬屬櫜鞬四征弗庭所向無前在定宗世
孽豎擾邊乃命忠靖扈蹕周旋與謀帷幄奏捷戎軒
忠宣繼之不懈益虔却敵伐戎智勇兼全篤生昌王
于蕃于宣靖氣沙漠忠力益殫惟帝念勞追卹其先
何以寵之國姻世聯何以貴之王爵世延詔紀金石
誓肩河山特以表忠千載永傳

曹南王世德碑　虞集

中書右丞相臣某等言陛下入正大統道沐共命山

東河北蒙古軍都萬戶府都萬戶也速迭兒以其兵從至京師以功拜河南等處行中書平章政事於法官一品當贈三代官封也速迭兒曾大父撥撤大父也柳于父阿剌罕嘗爲大將戰功多又多死王事軍中宜追封以第一等爵制曰可有司以詔書議贈所當得官按地定封於是故贈定威佐運功臣榮祿大夫司徒上柱國曹國公謚忠定撥徹加贈定威佐運功臣光祿大夫司徒上柱國追封曹南王謚如故故蒙古漢軍都元帥贈宣忠靖遠功臣光祿大夫中書

右丞相上柱國曹國公也柳于加贈宣忠靖遠佐運功臣金紫光祿大夫中書右丞相上柱國追封曹南王仍謚桓毅故光祿大夫中書左丞相贈協謀佐理功臣太師開府儀同三司上柱國曹國公謚武定阿剌罕加贈竭誠宣力定遠佐運功臣太師開府儀同三司上柱國追封曹南王改謚忠宣曾祖母塔拜祖母滅列母脫端潤潤倫皆先封曹國夫人改封曹南王夫人制下有勑國史臣集其以曹南王世家行事歲月著文於碑臣授詔謹按撥徹蒙古扎剌兒台氏

太祖皇帝初起朔方豪傑之士雲起響應而從之爲之腹心爪牙者必皆有深智遠識有勇而善謀是以東征西伐無不如志以成萬世之業者天爲之生才而聖神善用之故也撥徹自其幼年已在宿衛爲火而赤火而赤者服御弓矢常侍左右者又爲博而赤博而赤者親烹飪以奉上飲食者也蓋非篤愼强敏見知而親信任使者不得預是以屬車所向無不在行數以徇戰畧地著功受賞太宗皇帝卽位仍以其職從征行隴北陝西之役攻城辟取郡縣率先戰士

竟死之也柳干繼爲火而赤傅而赤膺其父之職也以太宗之命事岳里吉太子爲番衛之長歲乙未濶出忽都秃太子出師伐金遂侵宋有旨出從戰戰有功拜萬户方是時察罕以太祖所拔重臣爲大將位望崇甚而也柳干以天下馬步禁軍都元帥爲察罕之副總領諸翼蒙古漢軍馬統領屯戍大軍南面之征最爲重兵矣於是取陝西掠河東踐河南歲乙卯壽光壽大帥察罕殁憲宗皇帝命也柳干代之拜諸翼軍馬都元帥統大軍攻淮東西諸城歲戊午師師

至揚州數出戰遂以戰死阿剌罕以諸翼蒙古軍馬都元帥統其父之軍從世祖皇帝南伐宋憲宗崩世祖北還即皇帝位從至末黎伯顏孛剌之地阿里不哥阿藍觧兒渾都海興兵爲亂不受詔命討之阿剌罕以其所部蒙古軍擊之北至西門禿之地遂追之至河西功成而還中統建元之歲賞功賜黃金五十兩二年濟南帥李璮以山東反大發兵討之阿剌罕總其衆次老倉口以進戰明年濟南破璮誅山東平帥還又明年賞功賜黃金虎符一銀印一以舊官將

其軍至元初大軍伐宋五年師圍襄樊力戰數有功十一年取宋大軍渡江阿剌罕以其師取鄂州泝江陵下至京口所至郡縣降其軍慰撫其民人明年拜昭毅大將軍統其師發建康道溧水溧陽指獨松關抵杭州上方道與宋將吳某等戰斬之斬首七千級又與宋將祝亮戰擒亮并其裨校七十二人斬首三千餘級又與宋兵戰斬首七千餘級又斬逐其援兵退走數十里宋將奉使吳某都統丁某總制趙某來迎戰敗之斬首三千級擒總制谷某又擒宋將張八

及其裨校斬首二千級六月即軍中拜中奉大夫行中書省參知政事是年宋亡明年丞相伯顔以宋主入覲九月阿刺罕帥東渡渡浙取越明台温衢婺處及閩中諸郡追宋宗室秀王某道數戰皆敗之降其運使趙某提刑趙某五百餘人至福州與宋軍轉戰四十餘里斬步帥觀察使李世達等於陣殲其軍獲秀王及其家屬將吏百八十餘人降其部曲淮卒三千人於是江南悉平十二月有詔以中奉大夫中書參知政事授金虎符行江東宣慰使郡縣新附民心

未安威信所孚莫不悅服十四年入覲上嘉其功進拜資善大夫中書左丞仍留宣慰江東十八年入覲方是時海內悉已平定舟車所至莫不服從而日本蕞爾海島之間彌固自保有司以致爲言天子從之廼賜玉帶弓矢命爲中書左丞相行省事統蒙古諸翼軍馬四十餘萬往征之師次明州且渡海矣歿焉既歿而子也速迭兒幼拜降也速迭兒之兄也襲世職爲萬戶總其軍後以功僉書江淮行樞密院事進拜江浙行省右丞福建行省右丞河南行省平章政

事仍領其先世萬戶軍馬既歿也速迭兒以元貞元年世其職受昭勇大將軍左手蒙古軍萬戶延祐三年覃恩加昭毅大將軍泰定三年進昭武大將軍皆以萬戶總其軍如故後二年今上皇帝南還京師將有大正於天下道過汴梁今太保伯顏公方鎮汴省八月庚子召也速迭兒帥其兵以行乙巳兵大集士卒感激赴義車馬器械精備勇氣自倍丁未命為本省參知政事師行庚戌進平章政事仍兼山東河北蒙古軍都萬戶府都萬戶九月庚申同知樞密院事

仍兼都萬戶壬申皇帝即位大明殿建元天曆明日拜知樞密院事授以樞密院印仍領其萬戶事甲戌禿滿迭兒自遼東引兵寇通州令也速迭兒帥諸翼軍馬出禦之丙子王禪等之兵軍於北皇后店也速迭兒移兵合擊敗之己卯哈剌赤渾都帖木兒阿剌帖木兒之兵軍昌平縣東白浮村帥師合擊敗之壬午昔寶赤大都之兵軍於昌平縣東北又帥師合擊敗之凡來寇之兵悉已敗衄總兵者或執或敗走北面悉平癸未太師右丞相會諸將於龍虎臺下奏凱

於朝有勑命也速迭兒守居庸之北闢壘石以爲固十月己亥拜榮祿大夫知樞密院事依前兼管都府事統領諸翼蒙古軍馬使出師禦寇兵之西入者師次廣平磁州之武安縣敗獲總兵者也先帖木兒等而西南諸郡以次告平庚子召還十一月丁亥樞密院奉勑散諸軍行院官還京師明年二月以舊官復拜山東河北蒙古軍都萬戶府都萬戶五月上之上都也速迭兒仍帥其所統兵從十月癸卯皇帝若曰也速迭兒屬櫜鞬以備干城恪恭職事朕用嘉之其

以爲河南行中書省平章政事十一月丙寅以所統兵置大都督府命兼山東河北蒙古軍大都督秩從二品刻銀印賜之已已有封贈之命嗚呼上之所以待功臣將帥寵錫榮耀不亦甚乎臣嘗聞之自昔國家所貴有勳舊之臣者以其君臣之契深宗社之事諳逆順向背之道素定于見聞而愛敬之誠自有不能已者故其得備戎行氣決志憤以能成功也世祖皇帝既定海內以蒙古一軍留鎮河上與民雜耕横亘中原故將委忠君於國人備非常於他日其所以

子孫計者深且遠矣今上皇帝以天縱之資歷造昧
之久奮名義以致討夙逆應天人而歸履大位固歷
數之所在也若曹南王家自開基以來已入備禁衛
出死行陣者三世矣今平章以其世守之舊兵奉中
興之大業以致眞王之封食所居之邑聲振大藩受
軍民之寄福祿方未艾也嗚呼偉哉敢再拜稽首而
爲之銘詩曰昔在太祖受命自天聖子神孫師武用
宣世祖赫赫一是萬國虎臣孔多貴有世績忠定之
興承國肇基乃執干戈乃奉鼎彝不寧方來先後奔

奏盡瘁殞身以昌厥後有竭桓毅益信以崇帝討王
誅無往不從金氣既衰宋亦就蹶兼弱攻昧我帥我
督截彼淮浦其流湯湯蹀血以終厲我國殤克繼父
祖忠宜之武天錫之功世皇是輔蕭蕭南征絕江擣
城左纛振旅馳追不庭世皇御天於鑠如日式圍不
遺聲教迺訖于時出師有專有分江漢之間忠宣所
軍蒙衝載兵遡江薄海列郡風靡有順無悔旋指江
東進師合攻闞栅兒嬉孰當吾鋒斬將連營覆卒盈
野乃會元戎于城之下孌孌孱婺解璽入朝掠其餘

疆曾不崇朝既定甌越成功來告命以相臣持節東
道治以歲成位以序升入覲天子龍光是承天子曰
嘻蠢彼海裔爾相予佐帥士以濟臨涯揚舲海若弭
靈天不憖遺亟賈將星忠宣所統國人之勇留戍羅
絡齊曾梁宋鼓旗閒閒武帳在中既世其官又世其
功今我聖皇中興以正錫鑾在塗萬騎前乘誰其將
之不二之臣彼壘於郊摧之爲塵聖皇賞功寶玉鷹
馬還長其鎮爲國召虎頷頷爾軍何以表之爾建大
府都督之旗爾家于曹有桑有土昔公今王三世之

祐豐碑列功備書三王咨爾多士勤忠勿忘

元文類卷之二十五終

元文類卷之二十六

元　趙郡蘇天爵伯脩父編次
太原王守誠君實父校訂

碑文

高昌王世勳碑　虞集

至順二年九月某日皇帝若曰予有世臣帖木兒補化自其先舉全國以歸我太祖皇帝寔贊興運勳在盟府名著屬籍世纘令德以勵相我國家至帖睦兒補化佐朕理天下爲丞相爲御史大夫文武忠孝厥

績懋焉昔其父葬永昌大夫往上冢其伐石樹碑而命國史著文而刻焉臣集頓首受詔退而考諸高昌王世家蓋畏吾而之地有和林山二水出焉曰禿忽剌曰薛靈哥一夕有天光降于樹在兩河之間國人卽而候之樹生瘿若人妊身然自是光恒見者越九月又十日而瘿裂得嬰兒五收養之其最穉者曰卜古可罕既壯遂能有其民人土田而爲之君長傳三十餘君是爲王倫的斤數與唐人相攻戰久之乃議和親以息民而罷兵於是唐以金蓮公主妻的斤之

子葛勵的斤居和林別力跛力答言婦所居山也又
又山曰天哥里干答哈言天靈山也南有石山曰胡
力答哈言福山也唐使與相地者至其國曰和林之
盛彊以有此山去壞其山以弱之乃告諸的斤曰旣
爲婚媾將有求於爾其與之乎福山之石於上國無
所用而唐人願見遂與之石大不能動唐人使烈而
焚之沃以醇酢碎石而輦去國中鳥獸爲之悲號後
七日玉倫的斤薨自是國多災異民弗安居傳位者
數亡乃遷諸交州而居焉交州今火州也統別失八

里之地北至阿木河南接酒泉東至兀敦甲石哈西臨西番凡居是者百七十餘載而我太祖皇帝龍飛於朔漠當是時巴而木阿而忒的斤亦都護在位亦都護者其國主號也知天命之有歸舉國入朝太祖嘉之妻以公主曰也立安敦待以子道列諸第伍與者必那演征罕勉力鎖潭回回等國將部曲萬人以先啓行紀律嚴明所向克捷又從太祖征你沙卜里征河西皆有大功薨次子玉古倫赤的斤嗣爲亦都護玉古倫赤的斤薨子馬木剌的斤嗣爲亦都護將

探馬軍萬人從憲宗皇帝伐宋合州攻釣魚山有功還軍火州薨至元三年世祖皇帝命其子火赤哈兒的斤嗣爲亦都護海都帖木迭兒之亂畏吾而之民遭難解散於是有旨命亦都護收而撫之其民人在宗王近戚之境者悉遣還其部始克安輯十二年都哇卜思巴等率兵十二萬圍火州揚言曰阿只吉奥魯只諸王以三十萬之衆猶不能抗我而自潰爾敢以孤城嬰吾鋒乎亦都護曰吾聞忠臣不事二主且吾生以此城爲家死以此城爲墓終不能爾從城受

圍六月不解都哇系矢以書射城中曰我亦太祖皇帝諸孫何以不我歸且爾祖嘗尚主矣爾能以女歸我我則休兵不然則亟攻爾其民相與言曰城中食且盡力已困都哇攻之不止則淪胥而亡亦都護曰吾豈惜一女而不以救民命乎然吾終不能與之相面也以其女也立亦黑還失別吉厚載以茵引繩墜諸城下而與之都哇解去其後入朝上嘉其功錫以重賞妻以公主曰巴巴哈兒定宗皇帝之女也又賜寶鈔十二萬定以賑其民還鎮火州屯於州南哈密

力之地兵力尚寡北方軍猝至大戰力盡遂死之子紐林的斤方幼詣闕請兵北征以復父讎上壯其志賜金幣鉅萬妻以公主曰不魯罕太宗皇帝之孫女也主薨又尚其妹曰八卜叉公主有旨帥出河西俟與北征大軍齊發遂留永昌焉會吐蕃脫思麻作亂詔以榮祿大夫平章政事領本部探馬等軍萬人鎮吐蕃宣慰司威德明信賊用斂跡其民以安武宗皇帝召還嗣爲亦都護賜之金印復署其部押西護司之官仁宗皇帝始稽故實封爲高昌王別以金印賜

之設王傅之官其王印行諸內郡亦都護之印則行
諸畏吾而之境八卜叉公主薨尚公主曰兀剌真安
西王阿難答之女也領兵火州復立畏吾兒城池延
祐五年十一月廿一日薨子二人長曰帖睦兒補化
次曰籛吉皆八卜叉公主出也帖睦兒補化大德中
尚公主曰朶兒只思蠻闊端太子孫女也至大中從
父入覲備宿衛又事皇太子於東朝拜中奉大夫大
都護陞資善大夫又以資善出爲鞏昌等處都總帥
達魯花赤奔父喪於永昌請以王爵讓其叔父欽察

台不允嗣爲亦都護高昌王至治中與喃答失里同領甘嗣諸軍且治其部泰定中召還與寬徹不花威順王買奴宣靖王闊不花靖安王分鎮襄陽尋拜開府儀同三司湖廣行省平章政事今上皇帝歸正大統召之至汴以左丞相留鎮旋趣至京師戮力削平大難鎮湖廣時左轄相娼而害政人所弗堪至是有旨執而僇之乃更爲申捄於上曰是誠有罪然不至死再三言之得釋其不念舊惡以德量贊襄類如此天曆元年十月拜開府儀同三司上柱國錄軍國重

事知樞密院事明年正月以舊官勳封拜中書左丞相三月加太子詹事十月拜御史大夫大夫之拜左相也追念先王之遺意讓其弟籛吉嗣爲亦都護高昌王臣惟高昌祖之所自出事甚神異其子孫相傳數十代至于今克治其土豈偶然哉火赤哈兒的斤百戰以從王事捐骨肉以救其民後卒死之其節義卓然如此至其子與孫再世三王盛德之報也大夫世胄貴王清慎自持戶庭之間動中禮法平易以近民正已以肅物仁義之功沛如也及其臨大政決大

議憂深思遠而聲容凝重若泰山然用能彌綸大經以佐成雍熙之盛所謂社稷之臣也哉表其碑曰世勳爲宜敢再拜系之以詩曰

維皇太祖建極定邦知幾先徠偉兹高昌列圖率賦
寶王重器稽首受命以表誠至太祖曰嘻天啓爾衷
有附匪疏以究爾功櫜鞬介胄十千維旅以從四征
斥廣疆宇從我王事靡解朝夕邦之世臣食其舊邑
舊邑高敞介乎强藩爲暴突來虔劉以殘保障扞城
我禦我備敵爲弗順我死無貳崇墉言言寇來寔繁

力殫守堅責我師昏有齊季女出女紓難義有絕愛
皇用咨歎冦退民完天子慨之輦帛載金悴斯溉之
城郭室家既還既復厤其寧我皇錫之秬于廬于處
狂嚚掎之矢盡衆殲執節死之維時賢嗣泣血入告
請揚天威以報無道天子壯之俾軍于西撫爾民人
授之鼓鼙有嚚西羌弗靖以撓移節往治旋就馴擾
武皇纘武睠爾舊服節旄印綬仍護其屬乃稽王封
在時仁宗旗纛舒舒刻章以庸迺卽永昌幕府斯建
將星宵隕亦既卽遠宰木陰陰閱歷歲時顧瞻徘徊

邦人之恩大夫嗣德克敬以讓三命彌恭世爵用享佩玉瓊琚靖共以居躬行孝嚴服御不渝肅肅雝雝有察有容親親尊尊允德允功天子還歸大義攸正大夫在行民信以定既安既寧治久告成大夫司憲百度孔明衮裳赤舄進見退息儆于無虞匪泰伊惕大夫申申明哲以孚噓欷有懷永昌之墟天子有詔大夫省墓勒文載碑世勳是祚維王孫子永言思之豈惟子孫百辟其儀之

句容郡王世績碑　　虞集

國家治平之業所以尊安而久固者禮樂刑政一本於朝廷而執干戈以衛社稷於四境之外者則亦必有桓毅過人之勇直亮不回之節以兼爪牙腹心之任而又世世祖父子孫相承一志然後可以內爲天子之所信倚外爲强敵之所懾服故處常則有不可犯之勢遭變則建非常之功嗚呼其所關係豈輕也哉天曆元年皇帝撥亂反正以太平王右丞相燕帖木兒有建謀力戰之功思其祖父之績乃勅史臣製文紀事勒諸貞石以示不朽焉謹按欽察之先武平

北折連川按答罕山部族也後遷西北即玉黎北里之山居焉土風剛悍其人勇而善戰自曲年者乃號其國人曰欽察爲之主而統之曲年生唆末納唆末納生亦訥思太祖皇帝征蔑乞思火都火都奔亦訥思遣使諭取之弗從及我師西征亦訥思老不能理其國歲丁酉亦訥思之子忽魯速蠻自歸於太宗而憲宗受命帥師已及其國忽魯速蠻之子班都察舉族來歸從討蔑乞思有功世祖皇帝西征大理南取宋其種人以强勇見信用掌芻牧之事奉馬湩以供

王食馬湩尚黑者國人謂黑爲哈刺故別號其人曰哈刺赤日見親近妻以哈納郡王之女弟訥論中統初元討阿里卜哥之亂班都察與其子土土哈皆有功班都察卒土土哈領其父事是爲勾容郡武毅王海都之叛皇子北平王帥諸王之師鎮祖宗興龍之故地至元十四年叛王脫脫木失列吉入寇諸部曲見掠先朝大武帳亡焉土土哈王憤之誓請決戰三月敗其將朶兒赤延於納蘭不刺以所掠諸部還四月只兒瓦䚟搆亂應昌脫脫木以兵應之與我軍遇

將决戰先得其斥候數十脫脫木懼而引去遂滅只兒瓦解六月逐其兵於禿剌河八月又敗之斡歡河得所亡大帳還諸部之衆於北平我師北伐詔率欽察驍騎千人以從十五年正月追失列吉踰金山擒扎忽台以獻又敗寬赤哥等軍俘獲甚衆冬入朝召至榻前親慰勞之賜以白金百兩海東白鶻一國家侍內宴者每宴必各有衣冠其制如一謂之只孫悉以賜之且有詔曰祖宗武帳非人臣所得御卿能歸之故以與卿軍中宴諸帥則設之欽察人為民戶者

隸諸王者別籍之戶給鈔二千貫歲給粟帛擇其材
者備禁衛十九年拜昭勇大將軍同知太僕院事明
年改同知衛尉院事領羣牧司事給霸州文安縣田
四百頃命哈剌赤屯田益以亡宋新附軍八百二十
一年賜金虎符以河南等路蒙古軍子弟四千六百
隸之二十二年拜鎮國上將軍樞密副使二十三年
置欽察衛遂兼其親軍都指揮使聽以族人將吏備
官屬六月海都兵入寇奉詔與大將朶兒朶懷禦之
二十四年諸王乃顏叛於東藩陰遣使來結也不于

勝剌哈王獲諜者得其情密以聞諸朝請召勝剌哈以離之他日勝剌哈爲宴會邀二大將朶兒朶懷將往王曰事不可測遂不往勝剌哈計不得行未幾有詔召勝剌哈王曰此東藩之人由東道是其欲也將不可制言於北安王命之西行或言也不于將反者軍吏請奏而圖之王曰不可緩也身爲先驅引大兵前窮晝夜之力渡禿兀剌河與也不干戰大敗之世祖方親征聞之詔王沿河東行盡收其餘黨以還道遇也鐵哥其軍萬騎擊走之大獲乃顏畜牧俘畔王

哈兒魯曾等獻之康里欽察之人先隸諸叛王者悉來歸置哈剌魯萬戶府是歲王子創兀兒奉詔從太師月兒律在軍戰于百搭山有功拜昭勇大將軍左衛親軍都指揮使佩金虎符出則被堅執鋭以率虎羆之士入則操刀七以事割烹執鬯杓以進湩飲親幸委任已見如此時成宗方撫軍詔以王從十一月征乃顏餘黨於哈剌誅兀達海盡降其衆二十五年也只里王王爲叛王火魯哈孫所攻甚急五月王從成宗移師援之敗諸兀魯灰還至哈剌潙山夜渡貫列河

敗叛王哈丹之軍盡得遼左諸部置東路萬户府以鎮之也只里有女弟塔倫遂以妻王二十六年海都軍叛金山抵杭海嶺皇孫晉王帥兵禦之敵先據險我師不利王獨以其軍陷陣入戰冀晉王出明日追騎大至伏兵殿之七月世祖親巡北邊召見王慰之曰昔太祖與其臣之同患難者飲班朮河之水以記功今日之事何愧昔人卿其勉之海都等戰既數敗又知上親征遂引兵去車駕還都大宴上謂王曰朔方人來聞海都言戰者人人如土土哈吾屬何所容

身哉論功行賞先欽察之士以建康廬饒舊籍租戶千爲哈剌赤戶又以俘獲之戶千七百賜之官一子以督賦而創兀兒在宿衛亦率其軍扈從至於和林兀卑思之山拜昭武大將軍欽察親軍都指揮使左衛親軍都指揮使兼太僕少卿二十八年王奏哈剌赤之軍數已盈萬足以備用詔賜珠帽珠衣玉帶金帶名鶻縑數萬匹帥其人北獵漢塔海邊寇聞之不敢動二十九年掠地金山虜海都之戶三千有詔進取乞里吉思明年春次欠河冰行數日盡取其衆留

兵鎮之奏功拜龍虎衛上將軍賜行樞密院印海都聞之領兵至欠河叉敗之擒其將孛羅察成宗皇帝即位詔之曰北邊事重其免會朝賜白金五百兩冬召入朝有加賜別賜其軍士鈔一千二百萬元貞元年春還守北邊三年秋諸王從海都者皆來降邊民驚動王帥兵金山之玉龍海備之資饋畀給民用不擾親導岳木忽等王以朝上解御衣以賜大德元年拜銀青榮祿大夫上柱國同知樞密院事欽察親軍都指揮使如故還邊二月至宣德府薨年六十一是

年詔創兀兒世其父官領北征將軍後亦封句容郡王王師師踰金山攻八鄰之地八鄰之南有大河曰答魯忽其將帖良臺阻水而軍伐木柵岸以自庇士皆下馬跪坐持弓矢以待我軍矢不能及馬不可進王即命吹銅角舉兵大呼聲振林野坐士不知所為爭起就馬王麾師畢渡溺水泊岸木柵漂散因奮師追擊五十里而後止盡得其人馬廬帳還次阿雷河與孛伯扳都之君相遇孛伯扳都者海都所遣援八鄰者也阿雷之上有山甚高孛伯陣焉山高峻馬不

利於下馳急麾軍渡河蹙之孛伯馬下坂多顛躓急擊敗之追奔三十餘里孛伯僅以身免二年北邊諸王都哇徹徹禿等潛師急至襲我火兒哈禿之地火兒哈禿亦有山甚高其師來據之王選勇而能步者持挺刃四面上奮擊盡覆其軍歛遁者無幾三年入朝上解衣賜慰勞優渥拜鎮國上將軍僉樞密院事欽察親軍都指揮使左衛親軍都指揮使太僕少卿還邊是時武宗左潛邸領軍朔方軍事必諮於王及戰王常爲先付託甚重四年秋畔王禿麥斡魯思等

犯邊王迎敵於闊客之地及其未陣王以其軍直搏之敵不能支逐之踰金山乃還五年海都之兵又越金山而南止於鐵堅古山因高以自保王以其軍馳當之既得平原地便於戰乃并力攻之敵又敗績戰之三日都哇之兵西至與我大軍相持於兀兒禿之地王又獨以其精銳馳入其陣戈甲戛擊塵血飛濺轉旋三周所殺不可勝計而都哇之兵幾盡武皇親見之曰力戰未有如此者事聞上使御史大夫禿赤知樞密院事塔剌海也可扎魯火赤禿忽魯卽赤納

思之地聚諸王軍將聞戰勝功狀於是親王以下至於諸軍咸以爲王功第一無異辭於是武皇命王尚雅忽禿楚王公主察吉兒賞以尚衣貂裘使者以功簿奏上出御衣遣使臨賜之詔曰邊圉事重少留鎮之七年秋入朝上親喻之曰自卿在邊累建大功事蹟昭著周飾卿身以兼金猶不足以盡朕意遂賜御衣一黃金百兩白金五百兩鈔十萬貫拜驃騎衛上將軍樞密副使欽察親軍都指揮使左衛親軍都指揮使太僕少卿賜其親軍萬人鈔四千萬貫九年都

哇察八兒明里帖木兒等諸王相聚而謀曰昔太祖
艱難以成帝業奄有天下我子孫乃弗克靖以安享
其成連年動兵相殘殺是自傷祖宗之業也今撫軍
鎮邊者吾世祖之嫡孫也吾與誰家爭哉且前與土
土哈戰既累不勝今與其子創兀兒戰又無一功惟
天惟祖宗意可見矣不若遣使請命罷兵通一家好
使吾士民老者得其養少者得其長傷殘疲憊者得
其休息焉則亦無負太祖之所望於子孫者矣使至
上深然之於是明里帖木兒等罷兵入朝特爲置驛

以通往來十年拜榮祿大夫同知樞密院事尋拜光
祿大夫知樞密院事欽察左衛指揮太僕少卿皆如
故從武皇於渾麻出之海上成宗崩訃至入告武皇
曰殿下親世祖之嫡孫以先帝之命居祖宗之故地
以鎮撫朔方且十餘年矣海都約木忽兒明里帖木
兒自世祖時各爲叛亂今皆來歸前後叛亡俘虜悉
復其舊皆殿下之威靈也臣先父土土哈受知世祖
恩深義重臣之種人强勇精鋭臣父子用之無戰不
克殿下急宜歸定大業以副天下之望臣請率其衆

備驂乘之士武皇納其說即日南邁五月達上都武
宗皇帝即位賜王尚服七黃金五百兩白金五千兩
鈔二十五萬貫先帝所御大武帳一秋拜平章政事
仍兼樞密欽察左衛太僕還邊冬加封榮國公授銀
印出制辭以命之至大二年入朝封句容郡王賜金
印一黃金二百五十兩白金一千五百兩鈔一萬貫
上曰世祖征大理時所御武帳及所服珠寶之衣今
以賜卿其勿辭翌日又以世祖所乘安輿賜王上曰
以卿有足疾故賜此王叩頭泣涕固辭而言曰世祖

所御之帳所服之衣固非臣所敢當而乘輿尤非所宜蒙也貪寵過當臣實不敢上顧左右曰他人不知辭此別命有司置馬轎賜之俾得乘至殿門下仁宗在東宮有衣帽金寶之賜還邊仁宗皇帝即位入朝特授光祿大夫平章政事知樞密院事欽察親軍都指揮使左衛親軍都指揮使太僕少卿延祐元年也先不花等諸王復叛亦忒海迷失之地王方接戰有敵將一人以戟入陣刺王者王擗其戟揮大斧碎其首血髓淋漓殞於馬首乘勢奮擊大破之二年與也

先不花之將也不干忽都帖木兒戰麥干之地轉殺
周匝追出其境鐵門關秋又敗其大軍扎亦兒之地
上聞之遣使賜勞有加四年上念王之功而憫其老
也召之命商議中書省事知樞密院事每見必賜坐
上食必賜食待之以宗室親王之禮王常曰老臣受
朝廷之賜厚矣吾子孫不以死報國可乎至治二年
薨年六十三臣聞古之言將者曰謀與勇惟王父子
沉機大畧固不可測而其軍堅悍慓疾有所攻戰應
聲而起神變倏忽奮無逥顧智者不暇慮勇者不及

舉而已敗衄無餘矣此其所以致勝也而又數世之
傳一軍之士同稟忠義而不變同赴患難而不辭此
其成大功享大名而膺國家之深信異寵者歟謹按
王世家忽魯速蠻贈推忠効順功臣金紫光祿大夫
司徒柱國句容郡王謚剛毅妻帖古該句容郡王夫
人班都察贈推誠宣力保義功臣太尉開府儀同三
司上柱國句容郡王謚忠定妻禿倫察句容郡王夫
人土土哈贈宣忠定遠佐運功臣太尉開府儀同三
司句容郡王謚武毅妻曰太塔㑊扎只剌真也曰兀

買八里眞也曰囊加眞瓮吉剌眞也曰阿八倫瓮吉剌眞也曰塔倫也只里王女弟也皆封句容郡王夫人子八人長曰塔察兒定遠大將軍北庭元帥次曰太不花御位下博兒赤三曰創兀兒四曰別里不花武畧將軍欽察親軍千戶五曰帖木兒不花武德將軍建康廬饒等處哈剌赤戶達魯花赤六曰歡差武畧將軍欽察親軍千戶七曰岳里帖木兒武德將軍僉武衛親軍都指揮使司兼大都屯田事八曰斷古魯班昭勇大將軍欽察親軍都指揮使創兀兒之妻

察吉兒公主楚王女也曰也先帖你塔塔兒眞也曰
也仙忽都魯宗室也只里女弟曰哈剌眞塔塔兒眞
也子七人長曰小雲失不花武畧將軍欽察親軍千
戶蚤卒次曰燕赤不花資德大夫大司農卿三曰燕
帖木兒太平王答剌罕右丞相四曰撒敦榮祿大夫
宣徽院使五曰燕禿哈兒闌遺少監蚤卒六曰答里
太禧宗禋院使七曰潑皮罕幼卒女四人長曰忙哥
台適失禿兒駙馬弟太忽禿魯次曰完澤台適相哥
八剌王三曰訥只罕適沙藍朶兒只王四曰月魯帖

你適阿魯灰帖木兒王臣集拜手稽首而作銘曰維
皇太祖受天明命龍旗建斿神旅用振雲雷險屯盤
桓奮興遹伐遠攻羣方畏懲既定大業以遺子孫分
地有疆羅維絡森峙維支之疆宗于本根孰披則離孰
固以存赫赫世祖大集厥成天覆日臨無徃不庭顧
茲臣庶罔屬無外天未悔禍孰近而悖挺爲暴彊弄
兵嬉狂弗念弗懷勞我父兄我無藏怒徃正迷德維
時虎臣無禦不克虎臣維何欽察世家克長克君爲
國爪牙相厥種人均勇同悍爾蒐爾師畢百盈萬牧

則善芻飲湩孔腴衽金以居鳴箭以趨鳴箭咽咽壯
士心折卷甲齊驅千憤一吷孰爲叛夫于旅于盧王
先伐謀隨以勦居勿取寧止不虞奄至潰不暇奔況
及鬬死父子百戰從于宗藩或扳或援我圍永完天
不與畔思禍知悔刀困于外心服于內來言來歸矢
辭大同洒濯拜稽以朝成宗王護其來徒御不驚肅
肅邊人同我太平桓桓武皇實善將將定策驂乘王
猷用壯紀功則隆論賞則豐帝冑作嬪五世王封世
忠世勇列聖所使千載之傳國有信史句容之墟接

于太平今王之疆天子所嘗其功非常報亦殊特勒
勳北郊昭示萬國

太師太平王定策元勳之碑

馬祖常

皇帝御興聖殿制詔中書省臣曰惟太師太平王中書右丞相臣燕帖木兒以忠孝世臣戴予中興功在社稷其令臣祖常文於碑以昭示無極焉臣聞帝王受命天必儲瓌瑋絶世之資將相之才與之會遇以成大業如我太祖世祖英傑智謀之士聯裳充庭以爲一世之用者豈非天哉天曆元年戊辰皇帝將正

大位天人合應　丞相臣燕帖木兒以八月四日甲午
率勇士十七人兵皆露刃建大義於禁中廼誓於衆
曰武宗皇帝有聖子二人孝恭仁文天下大統當歸
之今爾一二臣敢紊邦紀有不順者斬手捽平章烏
伯都剌伯顔察兒縛之分命勇士執諸疑貳者咸下
獄待罪籍府庫錄印符空百司皆入內以聽命其日
屬學士臣明里董兀等乘遽迎皇帝于中興路密以
意諭河南省臣而稱臣勸進者接踵於道左矣癸卯
弟撒敦子唐其世皆棄其妻孥來皇帝以是月之甲

辰發中興以丁巳至京師比至浹旬之間兩以左右
矯稱使者南來者云駕巳次近郊諸王及河南省臣
萬戸各以兵從民匆譁驚比來者云皇帝大兄且至
於是中外翕悅而衆志定矣九月庚申諸侯王王禪
將北軍軍榆林西丞相出師彼未及陣起撒孰馳入
營壁衆潰追之懷來戊辰敵入千門鎮闗撒敦赴之
戰薊東敗之十有三日壬申上卽皇帝位于大明殿
受百官朝甲戌進開府儀同三司上柱國錄軍國重
事中書右丞相監脩國史知樞密院事賜黃金五百

兩白金二千五百兩中統楮幣一萬錠金織雜采二千匹白鶻一青鶻一文豹二承詔將大軍東出薊討禿滿迭兒平章即日就道乙亥宿三河夜二鼓偵者報王禪兵奪居庸關略大口丙子裹糧趨渝河未戰聞大駕出宮將親督將士亟請見上奏事曰凡軍事一以付臣願陛下班師撫安黎庶上旋還宮明日丁丑指揮使忽都不花塔海帖木兒同知太不花陰構變未發事覺械三人送闕下斬之巳卯與王禪前軍戰渝河勦之追殘兵于紅橋北阿剌帖木兒槍刺馬

前盤馬斫之刀中左臂部曲和尚斫忽都帖木兒亦
中臂二人皆驍捷將也會日晡就宿戰所庚辰上聞
之遣使賜御衣一襲慰勞甚渥兩軍隔紅橋水爲營
辛巳合兵鏖戰白浮之野大敗之手刃七人夜二鼓
盡呼裨將阿剌帖木兒孛倫赤岳來吉使將百騎風
上大譟亂以鉦鼓箭射營中敵自蹂躪至旦始悟壬
午天霧王禪等得棄甲北走癸未兵復集我軍列白
浮行伍立如植木敵不敢犯至夜又命撤敦出其後
南向八都兒脫脫木兒出其前北面鼓譟大呼吹銅

角雜人馬聲彼營軍不知計又皆夜相射旦乃西走八都兒者華言猛士也甲申襲王禪兵于昌平北上遣使上尊酒諭旨曰丞相無與敵戰親冒矢石脫不虞柰宗社何以大將旗鼓督戰可也丞相曰凡戰臣先之敢後者臣論以軍法是日斬首數千級降者萬餘人乙酉去衣屨徒跣求生者又萬餘人王禪遂單騎亡入北山發也速解兒也不倫撒敦追之是日還至昌平南敵將竹溫台潤克攻破虎北口掠石槽民丙戌先令撒敦進以大兵會諸侯王兵轉戰四十里

至牛頭山獲孛羅帖木兒蒙古答失牙失帖木兒撒兒討温四大將縛兩手載于馬鞍獻上天子斬之降者萬人餘兵四散夜遣撒敦脱脱木兒遮虎北口要其歸途丁亥諸侯王也先帖木兒及禿滿迭兒驅萬人薄我畿甸跳梁通州城下十月巳丑朔日晡彼方憩馬我軍直擣之不及抽一矢東渡潞水而逃庚寅各面水陳兵不戰辛卯宵遁我軍渡潞水襲之癸巳再與諸侯王太平也先帖木兒朶羅䚟及禿滿迭兒塔海血戰檀子山棗林虜其世從殺太平於陣中餘

夜遁甲午撒敦脫脫木兒將兵追捕乙未諸侯王忽
剌解指揮使阿剌帖木兒安童自紫荆口犯良鄉丙
申我軍循北山而西士皆馬上食馬以囊盛草粟繫
焉口且行且食至盧溝忽剌解兵潰凱還都人觀者
拜者塡道入見天子無矜容焉上大悅巳亥進封荅
剌罕太平王以其地爲食邑降制褒美功名烜耀刻
黃金爲印章以寵賚之珠對衣寶帶一具荅剌罕華
言世貸之也禿滿迭兒復入虎北口戰檀州南殲之
萬戶哈剌那海以戲下兵降殺禿滿迭兒函首京師

誅忽剌解阿剌帖木兒安童朶羅解搭海於國門之外齊王月魯帖木兒元帥不花帖木兒迺起兵嚮門平曰皇帝正大統於大都矣汝等知乎姦臣倒剌沙囚首請死十月二十有二日庚戌奉皇帝璽來上天下業遂定明年己巳上固讓位于大兄明宗皇帝命侍御史臣撒廸致讓奉迎三月戊辰丞相護皇帝璽於北土明宗皇帝嘉之拜太師官階如前廸明廟上賓皇帝洊昇大位一歲之間爲天子佐命兼揖讓征伐之事而使中外清謐華夏又寧者玆非天儲其才

使與受命之君會遇以成大業者歟文末奏上詔賜
定策戶勲名碑嗚呼盛哉臣祖常拜手稽首而獻銘
曰皇帝應天赫矣龍奮風霆不驚受命啓運曰皇考
武皇御極維昌靈在天維祥神在廟維享啟厥聖子
弗畋以逸弗燕于室海上浴日車環周逵陰騭我民
上帝監觀儲兹師臣維兹師臣出將入相戴我天子
征伐揖讓桓桓于于有亟有徐露刃袒呼虎旅疾趨
建義禁中群疑未同縛三二臣誓言於公曰大統之
傳武皇帝有子天序秩秩孰敢干紀聖祖明訓封建

伯叔分地車旗屏翰外服孽臣萌芽交構我家神怒而憤民恫而嗟于徒于旅闞其如虎仗忠履順有弗義者斧地官金帛司馬介胄于時廷臣先事恐後大車出之軍容大施扼具重關使不得突馳羅絡森峙戰守攻具潢池弄兵悉衆來赴截同我馬東北之野斬鯢戮鯨血衊地赭褫衣跣徒自降萬夫號泣草間丐其完膚皇帝曰嘻丞相汝勞晝日三錫寶帶珠袍丞相稽首是皆帝祉驍將賈勇及我弟與子十月日吉來上玉璽姦臣蹷顛泥首就死奠茲海寓登世萬

千矢辭貞石元勳之宣元勳之宣開國江壖子孫保之維善慶弗愆

元文類卷之二十七

元　　趙郡蘇天爵伯脩父編次
太原王守誠君實父校訂

記

崔府君廟記

元好問

唐崔子玉府君祠在所有之或謂之亞嶽或謂之顯應王者皆莫知所從來府君定平人太宗時爲長子令有惠愛之風本道採訪使與長子尉劉内行弗備且有贓救之鄙時縣有虎害府君謂二人者宜當之

已而果然及一孝子爲所食乃以牒攝虎至使服罪一縣以爲神而廟事之世所傳蓋如此廟之在陽平者有年矣貞祐之兵燒毀幾盡東平副元帥趙侯以其父之志爲完復之其成也侯命予以歲月記故爲書之傳曰有功於民則祀之以勞定國則祀之此不爲小德小善者言漢丞相忠武侯之殁蜀人求爲立廟朝議以禮秩不聽百姓遂因時節祭之道陌上言事者或謂可聽于成都立之安樂公不從習隆向充拜章言巷祭野祀非所以存德念功若盡順民心則

瀆而無典建之京師又偪宗廟止可令其近墓爲之所親以特設祭故吏欲奉祠者皆限至廟斷其私祀以從正禮於是始從之爲廟於沔陽由是觀之漢人於忠武侯其難之也如是況其下者乎且夫郡縣之良吏血食一方見于今者多矣然卓茂則止於密魯仲康則止於中牟朱邑則止於桐鄉召父杜母則止于南陽蓋未有由百里之邑達之天下四方如府君之祠之侈者也高門之蕩然廣殿之渠然袞冕之巍然侍衛之肅然雖五方帝之尊且雄無以進使其止

於爲土木偶焉斯可矣或有物焉則將疾走遠引逃避之不暇矧敢馮几負扆以當天下四方臣僕之敬乎嗚呼祀典之壞久矣惟祀典壞而後撤淫祠之政舉喪亂以來天綱弛而地維絶人心所存唯有逃禍徼福在耳惟逃禍徼福者在故兇悍毒詐有時而熄若曰淫祀無福非其鬼而祭之爲諂爾所敬非吾之所謂敬爾所懼非吾之所當懼彼將蕩然無所畏忌血囊仰射又何難焉使梁公而在吾知前日江淮之舉有不暇施于今□者矣故併及之使人知侯之意

有在

汴故宫記

楊奂

巳亥春三月按部至于汴汴長吏宴于廢宮之長生殿懼後世無以考爲纂其大槩云皇城南外門曰南薰南薰之北新城門曰豐宜橋曰龍津橋北曰丹鳳而其門三丹鳳北曰州橋橋少北曰文武樓遵御路而北横街也東曰太廟西曰郊社正北曰承天門而其門五雙闕前引東曰登聞檢院西曰登聞鼓院檢院之東曰左掖門門之南曰待漏院鼓院之西曰右

掖門門之南曰都堂承天之北曰大慶門而日精門左昇平門居其東月華門右昇平門居其西正殿曰大慶殿東廡曰嘉禧樓西廡曰嘉瑞樓大慶之後曰德儀殿德儀之東曰左昇龍門西曰右昇龍門正門曰隆德曰蕭墻曰丹墀曰龍德殿龍德之左曰東上閤門右曰西上閤門皆南嚮東西二樓鐘鼓之所在鼓在東鐘在西隆德之次曰仁安門仁安殿東則內侍局內侍之東曰近侍局近侍之東曰嚴祗門宮中則曰撒合門少南曰東樓卽授除樓也西曰西樓仁

安之次曰純和殿正寢也純和西曰雪香亭雪香之北后妃位也有樓樓西曰瓊香亭亭西曰凉位有樓樓北少西曰玉清殿純和之次曰寧福殿寧福之後曰苑門由苑門而北曰仁智殿有二大石左曰敷錫神運萬歲峯右曰玉京獨秀太平巖殿曰山莊莊之西南曰翠微閣苑門東曰僊韶院院北曰湧翠峯峯之洞曰大滌湧翠東連長生殿殿東曰湧金殿湧金之東曰蓬萊殿長生西曰浮玉殿浮玉之西曰瀛洲殿長生之南曰閱武殿閱武南曰内藏庫由嚴祗門

東曰尚食局尚食東曰宣徽院宣徽北曰御藥院御
藥北曰右藏庫右藏之東曰左藏宣徽東曰點檢司
點檢北曰祕書監祕書北曰學士院學士之北曰諫
院諫院之北曰武器署點檢之南曰儀鑾局儀鑾之
南曰尚輦局宣徽之南曰拱衛司拱衛之南曰尚衣
局尚衣之南曰繁禧門繁禧南曰安泰門安泰西與
左升龍門直東則壽聖宮兩宮太后位本明俊殿試
進士之所宮北曰徽音殿徽音之北曰燕壽殿燕壽
殿垣後少西曰震肅衛司東曰中衛尉司儀鑾之東

曰小東華門更漏在焉中衛尉司東曰祗肅門祗肅門東少南曰將軍司徽音壽聖之東曰太后苑苑之殿曰慶春慶春與燕壽並小東華與正東華對東華門内正北尚廐局尚廐西北曰臨武殿左掖門正北尚食局局南曰宫苑司宫苑司西北曰尚醖局湯藥局侍儀司少西曰符寶局器物局西則撒合門嘉瑞樓西曰三廟正殿曰德昌東曰文昭殿西曰光興殿並南嚮德昌之後宣宗廟也宫西門曰西華與東華直其北門曰安貞二大石外凡花石臺榭池亭之細

並不錄觀其制度簡素比土堦茅茨則過矣視漢之所謂千門萬户珠壁華麗之飾則無有也然後之人因其制度而損益之以求其稱斯可矣

鄆國夫人殿記　楊奐

祀天而不祀地祭日而不祭月是豈禮也哉况聖人之教始於夫婦達於天下不爾父子君臣上下泯矣前廟後寢三代之定制而吾夫子之祀本用王者事闕里之舊有鄆國夫人殿久矣由唐宋降及於金號稱尤盛延佑之亂掃地無餘故老徬徨莫不痛心東

于行臺嚴公忠濟仰體朝廷尊師重道之意以興廢
補弊爲所務經始於己酉八月落成於壬子之七月
先是夫人之神座生木芍藥一本見者異之明年修
廟之令下適造舟者犯我林廟伐我民冢珍材堆積
如阜聞公之至盡委而去乃命參佐王玉汝監修官
兼攝祀事孔柟召匠計之僉曰構正位則不足營寢
宫則有餘衆志既協遂訖兹役花之祥驗矣而工食
塗飾之費不論也夫神怪之不語固然而有開必先
之說如之何其廢之也夫人姓并官氏宋女也泗水

使鯉息也沂水侯伋息之子也先聖之爲中都宰爲
大司寇攝行相事夫人不以爲泰畏於匡拔樹於宋
削跡於衛絶糧於陳蔡夫人不以爲否窮通出處無
一而不預所以血食者其斯乎彼湘水之娥皇邰城
之姜嫄祠宇之顯者也擬諸鄉邑子孫每四仲之月
肅三獻之禮歷千萬世而下弗絶者不有則矣乎噫
當崇奉者聖人之功也當踐履者聖人之道也苟知
其功而不知其道則與事淫祠野廟等矣吾恐神意
一日不能安乎此孰謂聖人安之邪尚來者無忽

游龍山記

麻革

余生中條王官五老之下長侍先人西觀太華迤邐東游洛因避地家焉如女几烏權白馬諸峰固已厭登飽經窮極幽深矣華代以來自鴈門踰代嶺之北風壤陡異多山而阻色往往如死灰凡草木亦無悴容嘗切慨嘆南北之分何限此一嶺地脉遽斷絶不相屬如是耶越既留滯居延吾友渾源劉京叔嘗以詩來盛稱其鄉泉石林麓之勝渾源實居代北余始而疑之雖然吾友著書立言蘄信於天下後世者必

非誇言之也獨恨未嘗一游焉今年夏因赴試武川歸道渾水修謁于玉峯先生魏公公野服蕭然見余於前軒語未周浹驟及是邦諸山若南山若栢山業已游矣惟龍山爲絶勝姑缺茲以須諸文士同之子幸來殊可喜乃選日爲具位諸賓友騎自治城西南行十餘里抵山下山無麓乍入谷木有奇泓溪曲折行數里草木漸秀潤山竦出嶄然露芒角水聲錚然鳴兩峰閭心始異之又盤山行十許里四山忽合若拱而提環而衛者嘉木奇卉被之葱蒨醲郁風自木

杪起紛披震蕩山與木若相顧而墜者使人神駭目眩又行數里得泉之泓澄渟滀者焉湫出石罅激而爲迅流者焉陰木蔭其顛幽草繚其趾賓欲休咸曰莫此地爲宜即下馬披草踞石列坐諸生瀹觴以進酒數行客有指其西大石曰此可識因命余余乃援筆書凡游者名氏及游之歲月而去又行十許里大抵一峯一盤一溪一曲山勢益奇峭樹林益多杉檜栝栢而無他凡木也溪花種種金閒五錯芬香入鼻幽遠可愛木蘿松鬣罥人衣神又縈紆行數里得岡

之高遽涉而上馬力殆不能勝行茂林下又五里兩嶺若岐中得浮屠氏之居曰大雲寺有僧數輩來迎延入館於寺之東軒林巒樹石櫛比楯立皆在几席之下憩過午謁主僧英公相與步西嶺過文殊巖巖前長杉數本挺立有磴懸焉下瞰無底之谿危峯怪石巑岏巧鬬試一臨之毛骨森竪南望五臺諸峯若相聯絡無間斷西北而望峰豁而川明村墟井邑隱約微茫如奕局然徜徉者久之寅緣入西方丈觀故侯同知運使雷君詩石及京叔諸人留題迴乃徑北

嶺登萱草坡蟠龍山絶頂也嶺勢峻絶無路可躋步草而往深弱且滑甚攀條捫蘿疲極乃得登四望羣木皆翠杉蒼檜凌雲千尺與山無窮此龍山勝槩之大全也降乃復坐文殊巖下置酒小酌日既入輕煙浮雲與暝色會少焉月出寒陰微明散布石上松聲翛然自萬壑來客皆悚視寂聽覺境逾清思逾遠已而相與言曰世其有樂乎此者與酒醺談辯蠭起各主其家山爲勝更嘲迭難不少屈玉峰坐上坐亦怡然一笑詩所謂善戲謔兮不爲虐兮者是也至二鼓

乃歸臥東軒明旦復來各有詩識于石午飯主僧丈室已乃循嶺而東徑甚微木甚茂密僅可通馬行又五里至玉泉寺山勢漸頗隘樹林漸稀澗頗非龍山比寺西峯曰望景臺險甚主僧導客以登歷嶔崟坐盤石其傍諸峰羅列或偃或立或將仆墜或屬而合或離而分貢奇獻異不一狀北望川口最寬肆金城原野分畫條列歷歷可數桑乾一水紆繞如玦觀覽曠達此玉泉勝處也從此歸路嶮不可騎皆步而下重溪峻嶺愈出愈有抵暮迺得平地宿李氏山家臥

念茲游之富與夫昔所經見而不能寐若太華之雄尊五老之巧秀女几之婉嚴烏權白馬之端重茲山固無之至於奥窈淵邃樹林薈蔚繁阜不一覽而得則茲山亦其可少哉人之情大抵得於此而遺於彼用於所見而不用於所未見此通患也不知天壤之間六合之内復有幾龍山也因觀山於是乎有得徒以文思淺狹且游之亟無以盡發山水之祕異時當同二三友幅巾藜杖于于而行遇佳處輒留更以筆札自隨隨得隨紀庶幾茲山之髣髴云巳亥歲七夕

後三日王官麻葦記

餘干州學記

李謹思

餘干既升州延平祝宜孫首典學事顧瞻禮殿凜焉欲壓曰是非所以荅曲成而蘄陰誘也春秋蒇祀尚顧歆茲則將何辭以告歲不登卒卒未遑又明年爲有年亟謁諸邦伯邦伯亟捐貲以相有位競勸爲士翕然佐之既鳩既僝其材貞且良其棟視曩隆四人飛簷特起其勢欲翬繚之以闌楯飾之以朱碧重門絫戟森布禮行用幣罔或不虔聖靈洋洋如臨如對

祝君曰邦伯之惠侈矣孰紀其成爲斯文千載訏乎書來曰邦父兄子弟意也勿復辭余於是學也童子習之今去之二紀而遠舊殖荒落無以應來者敬謝不敏祝君曰邦父兄子弟必於斯且聖靈洋洋如臨如對惟斯文也而後有以繼有以貽必記諸余惟有記以來吾家泰伯橫絕今古蓋取范史及儒林舊論鍛礪而馳騁之曰教道之結人心如此美則美矣而未大也教行於上古而契爲之初自契至于湯迄有天下自湯至于武丁伊訓毋言師說命毋言學遠契

之功以化天下千餘年殷化爲周殷士之膚敏者皆爲周有教之力耶余觀周誥多士累云云猶未定然則有多於膚敏之士者矣叩馬于牧野辟于朝鮮意猶未釋然然則有先於膚敏之士者矣當時以爲義在焉弗之可兵也洪範在焉弗之可臣也歌有采薇詩有麥秀一風二賦與雅頌並行於是世不爲剏見不爲駭聞而風俗成矣豈惟殷之教賴以不墜周因於殷以植遺教雖周猶嘉賴之周轍又東四代禮樂與魯春秋逸而之洙泗之上書王書天昭天之命討

於天下周其猶天乎東周之志無所於酬而繼周者
又挺出則殷周奚擇焉顧油油然曰棊也殷人也援
巳墜之殷以自異烏在其爲魯司寇耶視乃厥祖於
書曰公於詩曰客猶稱微子仲終身焉將無類是乎
若是惑滋甚請借漢以明之漢何以命孔吉爲殷紹
嘉侯嘻乎其兆見矣古之人古之人知言如齊太史
嘗語人以其故而孟僖子先得之吾在萬世如見之
蔽以二言夫殷祖契而孔氏其雲仍夫敎契肇端至
孔門而大備微契則人近於禽獸而禹稷無完功微

孔子則臣子之無所懼者胥而龍蛇虎豹以厲斯人而契之功悤大哉殷道其以教始終乎天欲報契也故以殷郊欲紓契之傳也故以魯祠孔子殷祭器歸周而郊契猶八百年孔禮器歸陳何有哉而祠於魯逹于天下千五百年而未止則夫中跲而旁奮暫寄而永垂昔也支而今也嫡以小宗之餘復自爲宗世世萬子孫齊明以祭無窮期其爲紹嘉孰大焉殷多先哲王在天可以矖然而笑矣吾將復于吾泰伯曰教道之格天心又如此嗟嗟殷士其逋播而爲頑者

不知其後之至此也其裸將而爲膚敏者亦不知其後之至此也吾言或匡衡梅福所未發天地開闢教之始終聖賢之統緒天道人事之應咸具焉非邦舊游興起斯文無以發余之言者矣前戊午祀先賢于學曰忠定家焉忠獻此乎館焉若文忠江公庚子之守吉也游焉息焉忠定之孫有丙子守安吉者焉爵德齒不同而其歸同久之復傳說祝君謂當并祠余特筆并書之

平蠻記

陽恪

大元受大明命撫有萬方自北而南無思不服至元十三年歲在丙子先皇帝以神武不殺混一江南繼而湖廣寇盜嘯聚蠭起今平章政事行樞密院劉公奉旨徂征削平僭叛所至帖息功績顯著簡記御屏黔中郡辰澧二州之界有洞曰泊崖蠻酋田萬頃居之萬頃畏威内附聖度海涵命爲施溶知州既而恃險負固扇誘諸蠻與楠木洞孟再師桑木溪魯萬丑等同惡相濟竊出爲寇歲在甲午今天子龍飛大頒赦宥咸與維新乃循習故態不知改悔於是復命劉

公奉辭伐罪公以是年秋九月統率僉院咬木蘭暨
諸翼萬戶至辰州湖廣行省平章政事答剌罕奉旨
調沿邊隘丁協力濟師俾辰澧二郡總管府供給餽
餉公號召懷德府永順諸州酋長各率所部詣軍前
聽調又起集山猺犵狫以為嚮導約束嚴明部分整
肅先是上均州副萬戶田興祖諳熟蠻洞地里山川
形勢公令畫圖以進卽按圖指示諸軍所從道徑命
僉院咬木蘭萬戶淍脫忽都海牙拜藍馬繼祖從澧
州武口道進身率萬戶別里哥不花朵落觧倪全田

與祖從會溪施溶口入涓金解衣督勵將士期會于施溶州於是諸軍奮不顧身人百其勇十二月癸卯破施溶楠木洞及諸蠻酋等以獻公以便宜行事斬於軍門之外飛章奏聞元貞元年正月奉旨省院併而爲一即軍中拜公湖廣等處平章政事二月丙戌振旅而還公仍留田興祖總兵搜捕餘黨越明年春魯萬丑首服于辰州一方悉平是役也命帥得人師出以律皆朝廷委任之專攻堅擣虛執俘獻馘皆元戎指授之功也將校不敢有其功而歸之於軍師軍

帥不敢專其功而歸之於天子義當然也昔韓退之作平淮西碑其文曰不赦不疑由天子明既定淮蔡四夷畢來今蠻方底定而西北窮邊部落華心内附豈非四夷畢來之效驗乎辰州路主者命僕記其事將勒諸堅珉以垂久遠謹承命拜手而獻文曰大哉乾元至哉坤元聖朝則之建國紀年天無私覆地無私載繼統體元萬世永頼黔中之北有州施溶既降又叛昏迷不恭帝命劉公聲罪致討殲厥渠魁執訊獲醜辰山蒼蒼江流湯湯勒勳彝鼎千載有光我思

古人誰可爲比伏波之後一人而已

平江路學祭器記

李淦

平江路學大成殿祭器者教授李淦方文豹所造也金屬大尊二山尊二壺尊十有二犧尊八象尊如壺尊之數罍四洗四勺二十爵百七十有二坫二百有二豆三百四十有四簠百三十有六簋如簠之數爐一缶二爨二十有四竹屬篚十有一籩三百二十有九木屬俎五十有五餘仍舊貫初至元二十有九年十有二月望淦祗事顧茲器非度明年考朱文公釋

奠菜禮改爲之十有一月方居來明年皆方君爲之元貞元年十月竣事首尾凡三年鳩工吏學正凡五人費伯華林桂龍白淵唐天澤朱鳴謙錄凡四人楊如山洪焱祖文一覺俞眞卿會計吏直學凡五人許志道潘梅孫魏埜沈伯祥齊國俊費中統鈔四千貫有奇而後成蓋難且文如此後之人尚敬守之哉

淮陰侯廟記

楊先韓

蜀憲僉王八走書至渝謂先韓曰吾家獲鹿舊有淮陰侯廟在土門西道北岸上卽井陘口古戰處也有

宋慶曆間邢國陳薦廟碑元祐間東垣鄭靜晴重修
廟記迨延祐庚申春孟廟史郄玉等卜遷于岸下棟
宇翬飛貌像赫烜實聳觀瞻今叙其更脩歲月于先
生記之俾鑱諸石先韓不敢以衰耄辭竊謂記侯之
事迹易明侯之本心難侯事迹載在史冊所以與劉
踣項出奇制勝者人耳目所熟覩不待記而後明若
侯之本心則有甚難明者焉司馬公脩治鑑用左氏
傳事體但據班馬所書載侯拒武涉蒯徹遊說之言
初無畔意及書楚人告變陳豨邪謀則侯之本心不

能以自明惟朱文公脩通鑑綱目用春秋筆削推見至隱使忠臣義士無罪而見戮者得以自雪故於僞遊雲夢之事大書六年冬十二月帝會諸侯於陳執楚王信以歸至洛陽赦爲淮陰侯益楚人告變特飛語耳實未有反謀也故綱目不以反書但書執楚王信以歸不書其所執之由不去其楚王之爵明其無故見執也書至洛陽赦爲淮陰侯以無故而被執則亦何罪之可赦又以何罪降而爲侯乃使與噲等伍安得不怏怏耶十年九月書代相國陳豨反帝自將

擊之十一年冬破豨軍正月后殺淮陰侯韓信夷三族漢使載侯約豨反綱目削而不書不以反罪累侯也但書后殺淮陰豨方在代罪后之擅殺功臣不去侯爵以見侯之亡辜被戮書夷三族以甚后之殘忍也后曷不念昔彭城破爲楚軍所虜困辱三年及侯擊破齊殺龍且羽勢窮求和后乃得歸正位中宮微侯之力不及此果有畔迹亦宜俟帝還宮權其輕重帝寛大長者籍使不免其身亦必宥其子孫何至淫刑以逞哉帝聞侯死且死且哀嗟乎人心天理不容

泯滅喜者喜其假手呂后除一隱憂哀者哀其開國元勳子無噍類且問將死何言曰悔不用蒯徹計帝捕徹至直辭以對帝釋不誅以是知帝有仁心必不忍於赤其族也后忍於赤人之族不自知其身死肉未及寒呂氏男女無少長駢頸就戮亦可以見天道之好還矣余爲此計按文公綱目用春秋書法以明我侯忠義之本心參以韓魏公留題詩曰家僮上變安知實史筆加誣貴有名邵康節亦有詩曰韓信事劉元不叛蕭何惑漢竟生疑則綱目書法明侯本心

者非一人私言乃萬世之公論而侯之心亦可以暴白於天下後世而無憾矣今去侯千有餘載井陘之道猶故也白鹿之泉未涸也當時王侯爭雄如兩蝸角莽爲陳迹而侯之廟食茲土英靈如生由其平生剛大之氣挫而愈壯精白之操涅而不緇自有不依形而立不恃勢而存者使趙人畏敬奉承凛如一日固宜乃作迎送神之樂歌二章俾趙人歲時歌以祀侯云侯之來兮雲爲旗從陰兵兮萬騎隨侯入新廟兮水之湄柱石桓桓兮神貌巍巍鼗鼓淵淵兮雜奏

笙篪牲牷肥腯兮清酒載釃神欣欣兮享　我多儀神之返兮風爲馭朱雀前驅兮玄武奔屬神顧趙人兮容與錫爾多福兮驅疫癘祈暘得暘兮雨以時雨豐年穰穰兮多黍多稌民飽神德兮太平旣醉祗報庥兮何千萬祀

舍奠禮器　　鄭陶孫

淮以南學廟配四陳器視正位從享殿上十東西廊一百四陳器視殿上配從固自有等夷也殿南榮設尊階上下十六所以備四代之制殿東南陬列正

配酌尊位爲尊二獻北象南各以一崇明水統之獻載泛齊初獻酌之象載醴齊再獻酌之從享殿上下象尊東西各三神人之交爵爲親三獻代神祭已奠之故正配爲爵十五從惟一獻故止一爵正配篚各一承幣坫各一承祝豆十籩如之從殺其六簠二簋如之從殺其半羊豕腥熟俎各四從惟腥俎一東階之東盥手盥爵罍洗勺帨各一爵篚三帨篚二皆所以嚴神事也飲福爵坫賜胙俎豆各一識以別之之神人不可以共器也大畧如是於禮則未敢言備姑

以故宋祀式言之爾若淮以北則故今亦惟因汴宋之舊然而淮以北用武歲久遺制弗全不若淮以南被兵日淺遺制可攷也今國家於前代遺事未聞有所損益則所因者固不容以畧而弗備夫上古樽罍俎豆刳木陶瓦而巳中古惟永是圖至於範金近世或金或木唯其力之能不能惟籩簠俎以竹以木無儉侈之殊侯泮視邦之大小與殿邦者之好禮以否而爲完缺初不係乎廪之多寡今郡縣學凡費皆於廪乎取有司無與矣學豈容不自力以存其制江右

學廩多寡雖不齊洪素以會府稱今行中書蕭政廉訪司寓焉學廟禮器宜其完且堅矣陶孫始至覈之則其尊無有酌尊不備他雖竹木者亦缺錫以繼銅猶復缺五之一議從旁郡致工將補之有袖合奠禮器圖一編來者乃故宋景定間趙公汝楳守宣城日所在而鋟諸梓者也其圍則本朱文公所已考及以博古所收參訂亦勤矣然於獻象二尊因文公之所未安遂取博古獻象罍以為尊周禮春官司尊彝凡尊皆有罍尊以殘獻而罍則酌以自酢者也以罍代

尊於義未允又司尊彝獻象尊先儒訓詁有謂獻尊爲有沙飾者有謂獻飾以翡翠象以象鳳凰者取羽形婆娑然而反其音以素何萃皆以臆魏太和閒青州於土中得齊大夫送女器爲牛而背負尊晉儒之說以爲全刻牛象之形鑿其背以爲尊是亦揣摩非得於目擊以負爲鑿體認不眞故也古人製器雖致飾之美而仁與智具焉謂牛象之力足以負尊而取其形智也儻刳腹受酒則不得爲仁矣絕其脊以施勺既幾乎慘舉而注之口豈不嫌於穢人之用器且

不宜然況將潔以享神乎由是而言近古所傳剞其腹者鑿字之訛實啓之也自文公請改從政和禮器新圖及班降則王黼博古所收厥後嘗以尊口不可施勺而疑其未然特未及詳齊器之負而譌晉儒之鑿耳陶孫前是固已窺其理亦恐淪於臆不敢形諸言及仕京師嘗於遂初張氏之容齋睹一兕尊乃兕形而背負尊極其精古善鑒者以爲周器無疑於是始信齊大夫送女器之爲可憑古人制器不鑿於知而傷於仁益可知也當齊器之出已足以破先儒之

廡說及王黼所收又從而惑人耳目者二百年何耶特未詳古人制器之初意耳所致盧陵冶工楊榮南來範金爲太尊山尊著尊獻尊象尊壺尊凡九十六以備明水玄酒五齊三酒之設獻象則祖齊器爲全形負尊於背餘皆從趙錄所考仍作獻象各六爲正配酌尊而以一崇明水居右舊象尊則存之以充從享成不欲毀也羊豕既有熟俎則熟必以鼎遂作羊豕鼎各五餘器合從範金者皆如禮定其數而補足之爲爵五十有二又飲福爵一坫四十有二祝坫五

又飲福爵坫一尊禁二十有八豆百八十有六又賜
胙豆一簠簋各五十有二龍首勺十爲銅二千四百
四十斤有奇一斤之劑并工與食爲至元鈔二百六
十文總爲鈔六百三十四貫有奇木俎四十籩二百
六十有八塗髹之其費百二十貫有奇合新舊凡尊
三十有四禁二十有八爵百三十坫視爵加五豆二
百七十有九籩視豆損一簠百二十有四簋如之鼎
十勺十罍二洗二篚十俎百五十有五是其完數也
舊以錫鑞銅之不足者任縣學書院缺者取之夫古

人創物取象寓意各有攸當述之者往往具其形備其數自謂可矣適於用否尚弗之顧其稍考制度以幾於古者皆所不暇也工雖能持已編書以自見其所蓄模範於圖率不合至謂前是他學所範亦與此圖異惟不用古制則已苟用古制古其形狀而今其文理畧若井形狀而今之猶爲同於俗也噫自孟氏有今樂猶古樂之論不善讀者類失其旨韶濩豈與鄭衛無以異哉因又摹臨各器舊欵取周尺授刊工使祖尺寸而伸縮之以授冶工仍各識歲月其脣其

腹其尻以迄于成消辰纍之懼其紊亂失墜正配位所陳使賓殿北壁下以便於事兩廊從享所陳聽藏之庫脅凡此皆全其可因以聽繼周之損益弗敢惟古是是覽者監焉大德十年歲在丙午八月朔浙水東鄭陶孫記

元文類卷之二十七終

傳古樓景印